ニケを殺す

Kill the Nike

植田文博

講談社

CONTENTS

装幀
坂野公一
装画
たけもとあかる

ニケを殺す

Kill the Nike

プロローグ

高い天井。居並ぶ白いソファ。

夕暮れの橙《だいだい》に照らされたラウンジ内を、七十は超えて見える老人がゆっくりと歩いていく。

ラグジュアリーホテルのロビーラウンジ。その中央には、ひときわ目立つアクアリウムが鎮《ちん》座《ざ》していた。現代アートの類《たぐ》いなのか、水中には海底山を模《も》したオブジェが沈められ、山の両脇からは羽が生《は》えている。その海底山の羽を背負うように、アクアリウムの前で、ひとりの女性が座って待っていた。

老人が腰を下ろすと、視線を上げた女性は言った。

「先生、今夜は原点回帰。オリンピアのゼウス像の話がいいです」

「ほう。Seven Wonders of the World の？」

老人が聞き返すと、女性は微笑と共に頷《うなず》いた。

一章

一

ひび割れた丸椅子《いす》が並ぶ中華食堂。

ランチを口に運びながら、楠木啓蔵《くすのきけいぞう》は考えていた。

「今日は早めに帰ってきてね」

出勤前に妻の恵《めぐみ》から「話があるから」と言われた。楠木をじっと見つめた恵の目。思ったより深刻な雰囲気だった。知らないうちに苛立《いらだ》ちがたまっているのか、まったく別の話なのか。心当たりがなく、予想がつかない。

両手を合わせ、水の入ったコップを傾けると、備えつけのテレビが目に入った。ドイツ大統領の訪日が、二ヵ月後に決まったというニュースが流れている。

ふいにアナウンサーが視線をずらし、原稿を受け取った。

「――速報です。東京都新宿《しんじゅく》区で立てこもり事件が発生しました。中継です」

どこかのマンションのベランダの映像。窓越しの室内に、人の姿が見える。

窓が開けられると、男が背を向けたままベランダへ出てきた。

「部屋から男が出てきました。女性は……人質、でしょうか」

報道カメラがズームする。小柄《こがら》な男が、女性の髪を鷲摑《わしづか》みしてナイフを首元にあてていた。女性を盾にするようにして、部屋の中に向かってなにか言っている。

部屋からぞろぞろと、五人の男たちがベランダに出てきた。その顔立ちの多くは中東系に見える。ズームしたカメラが男たちの顔を鮮明に写す。中東系の男が四人と、一番後ろにレスラーのような体つきをしたアジア系に見える男がひとり。

カメラがパンし、女性を盾にしている小柄な男を写した。まだ二十代に見える日本人らしき若い男。同時にナイフを突きつけられた女性が映し出される。

「え？」

楠木は低い声を漏らした。

頰《ほお》を腫《は》らした女性。その顔は不思議なほど楠木の妻、恵に似ていた。

小柄な男は、女性の髪を摑んだまま顔を巡らせた。報道カメラを見つけると、カメラに向かって叫んだ。

「ピアノ、行け」

「ピアノ？　ピアノと言ったんでしょうか」

アナウンサーが言った。楠木にもそう聞こえた。

「意味はわかりません。男がカメラに向かって叫んでいます」

男は満面に笑みを浮かべた。

そして恵に似た女性の首に腕を回すと、両手の甲を見せて中指を立てた。

「なにかアピールしています。挑発しているようにも見えます」

直後、中東系の男たちが小柄な男に摑みかかった。

小柄な男は奇声をあげ、ナイフを振りまわす。中東系の男たちが距離を置く。

直後、信じられないことが起こった。

女性に視線を移した小柄な男は、刃先をその首にあてた。

首に押し込むようにナイフがスライドする。

カメラ越しでも、首元から血が溢《あふ》れ出すのがはっきりと見えた。

焦ったように中東系の男たちが、小柄な男に殺到したところで放送が途切れ、スタジオに切り変わる。

頭を下げるアナウンサーを、楠木はぼんやりと見つめていた。

我に返って立ち上がり、会計を済ませる。

馬鹿らしいと思ったが、恵に電話をかけた。

二

国立国際医療研究センター。

楠木はそのロータリーで、車を急停車させた。

ドアを開け放したまま院内へ走っていく。

携帯電話が繋《つな》がらず、ＳＮＳの連絡にも応答しない。恵が勤める職場の電話番号を聞いていなかったと愕然《がくぜん》としたところで、電話が鳴った。

警察からだった。本人確認後に警官は言った。

「奥さまが事件に巻き込まれました。負傷されて病院にいらっしゃいます。今すぐに来られますか」

い、今すぐ。

受付へ走りながら、警官の言葉が頭の中でリフレインしていた。

あのニュースの女性は恵だったのか？　いや、まさか。

看護師に案内され、病室へ入ると恵の姿が見えた。口にチューブがねじ込まれ、腕にはコードや点滴の管が何本も繋がっている。首に巻かれた包帯には、ピンク色の滲《し》みが見えた。

「恵っ」

楠木が声をかけると、恵の目がこちらを見た。いつもの勝ち気そうな目の焦点が合わない。なにかを言おうとしている。ついてきた医師が、口のチューブを取り外してくれた。

恵は楠木を見た。呼吸が浅い。

恵の表情がくずれた。それは心から後悔した泣き顔に見えた。

「なんでわたしは、――あなたを選んでしまったの」

「え？」

直後、恵の呼吸は乱れ、痙攣《けいれん》し始めた。

医師が楠木を押しのけ、恵を押さえ込む。かたわらのモニターを見ながら、薬剤の名前を叫んだ。看護師が駆けていく。

慌《あわ》ただしい病室で、ひとり取り残された楠木は立ち尽くしていた。

それきり、恵の意識は戻らなかった。

三

恵が病院に運び込まれて三日。

その間も意識が戻ることはなかった。

楠木は戸塚《とつか》警察署に来ていた。

事情聴取室に通され、封筒を持って現れた刑事に説明を受けていた。

「奥さまにケガを負わせた男は向井始《むかいはじめ》。年齢は二十五歳です。職業は清掃アルバイト。報道等ですでにご存じだと思いますが、向井は押し倒された際に窒息。死亡しています」

楠木は頷いた。

「向井は多額の借金を抱《かか》え、東京へ逃げていました。追い込みをかけていたのは、新潟を拠点とするチャイニーズマフィア。現場にいたのは、マフィアに雇われたパキスタン人でした。そのいざこざに奥さまは巻き込まれたようです」

現実感がなかった。楠木はぼんやりと聞いた。

「中国人とパキスタン人の取り合わせって、よくある話なんですか」

「東京では聞かないですね。彼らは新潟港を拠点としています。新潟港は国際港ということもあり、マフィアも流入しているんです。チャイニーズ、コリアン、ロシアン。現地に確認すると、中国人とパキスタン人の組み合わせは、めずらしいそうですが、最近は多様化しているので不思議ではないそうです」

楠木が力なく頷くと、刑事は封筒を机の上に置いた。

「事件現場にいた者の写真です。面識がある可能性は低いと思いますが、一応ご確認いただけますか」

封筒から写真が取り出され、一枚ずつ並べられた。

テレビでも見たリーダー格の顎先《あごさき》に傷のあるガタイのいい中国人がひとり。あとはパキスタン人が四人。

「どれも知らない顔です」

頷いた刑事は続けた。

「追いつめられた向井は、偶然通りかかった奥さまを盾にして、近くのマンションに逃げ込んだようです。向井には不可解な言動がありましたが、検視で薬物の使用は認められませんでした」

「……妙なことを口走っていましたよね。『ピアノ、行け』でしたっけ」

「ええ」

「薬物でなければ、あれにはなにか意味があったんですか」

「今のところ、事件との関わりは認められません。強いパニック状態で、意味不明な言葉を口走るケースはあります。奥さまを刺してしまったのも発作的だった可能性が高い」

楠木は頷かなかった。

「向井を窒息死させたパキスタン人は、殺意を否認しています。我々もそう考えています。現状、お伝えできるのは以上となります」

刑事はあらたまった顔で言った。

「ご心痛、お察しいたします」

楠木は頭を下げ、警察署をあとにした。

四

閉めっぱなしのカーテン。

薄暗い部屋の中で、楠木はソファに寝転がっていた。

緩慢にウィスキーを口に含み、ローテーブルにグラスを戻す。

事件から一ヵ月半。残暑の気配はとうに消え去り、気づけば十一月に入っていた。

あれから恵の意識が戻ることは一度もなかった。

日々は変わった。

小ぎれいだった部屋は、カップ麺とコンビニ弁当の容器が転がり、洗濯物はたまり続けている。床を見れば、カーテンの隙間《すきま》から漏れる光が、積もったホコリを白く照らしていた。

長いことスマホが唸《うな》っている。楠木は床に転がったスマホを引き寄せた。相手は部下からだった。

「楠木さん？」

心配げな声に、「ああ、長谷川《はせがわ》さん」と答えた。

「今、大丈夫ですか？　進捗《しんちょく》を伝えておきたいんですが」

部下の話をぼんやりと聞いていたが、なんの指示も思いつかなかった。

「長谷川さんの判断でお願いします。申し訳ないですが、もうしばらくまかせても大丈夫ですか」

それだけ言って、電話を切った。

事件が起きてから、会社にほとんど顔を出していない。楠木は社員四人の小さなウェブサイト制作会社を営んでいた。心血を注いで、少しずつ大きくしてきた会社だったが、今はなにをする気も起きなかった。

時計に目をやり、ソファから起き上がる。

病院に行く時間だった。


案内されたのは、いつもの診療室ではなかった。

広い応接室。楠木はそのあらたまった雰囲気に、対面の医師を訝《いぶか》しむように見た。

「楠木さん。お伝えしなければならないことがあります」

医師の表情には、こわばりがあった。

「奥さまが入院されてから五十日近くがたちました。その間、意識を取り戻されることはありませんでした。残念ながら――」

察した楠木は、視線を落とした。

「これから先、奥さまが意識を取り戻す可能性は、ほとんどありません」

心臓を強く握りしめられたような痛みを感じた。

「診断は遷延性《せんえんせい》意識障害。いわゆる植物状態です」

指先が熱を帯びていた。にもかかわらず、凍《こご》えるほどの寒気が背中を這《は》い上がってくる。

医師は、楠木の顔色を窺《うかが》うように見つめて言った。

「楠木さん、眠れていますか？　不眠などあれば、医師を紹介させていただきますので、遠慮なく――」

以降の話は、ただ耳を通り抜けていくだけだった。


目の前で琥珀《こはく》色が揺らいでいる。

楠木は、自分がウィスキーのグラスを持ち上げていることに気づいた。

顔を巡らせる。

いつのまにか自宅に戻ってきていた。どう帰ってきたのかも思い出せない。

ため息を吐《つ》き、グラスを呷《あお》る。

喉《のど》が灼《や》ける感覚と共に、失ったものを思い出す。

楠木の胸元くらいの小柄な体格と童顔。のぞき込めば勝ち気そうな一重の目。楠木の経営する小さな会社も、恵の助言があってこそだった。

ただの妻ではなかった。楠木に思いもよらない人生をくれた人であり、失うことなど考えられない存在だった。

楠木はかつて、ボクサーだった。

二十七歳で引退し、今年で三十三歳になる。

父親の蒸発から、急降下で悪化していった生活。金も学もなかった楠木が、光を見出《みいだ》したものがボクシングだった。

人生をあずけたトレーナーから教わった。

「やられたことを忘れるな。必ず返せ」

ボクサーとして生き残るための教え。

「お前に天賦の才はない。それでも勝ちたいんなら、ゆめゆめ忘れるな」

トレーナーは、楠木に教えの実践を叩《たた》き込んだ。

楠木の武器は、試合前に練り込む戦略であり、限界まで追い込んで作り上げる肉体だった。その二つを教えが下支えた。

試合で殴られた記憶は決して忘れない。しゃぶるように分析し、次の試合で攻略し叩き返す。負けた記憶も同じ。耐え難い悔しさを反芻《はんすう》し、過酷なトレーニングを乗り越える糧《かて》とする。トレーナーの教えは血と肉となり、楠木は日本ランカーへと成長していった。

プロボクサー時代のあだ名は「野犬」。戦い方が見苦しいと評された。どれだけ備えても、才能にあぐらをかかない日本ランカー相手には泥仕合となることが多かった。持たざる者が挑むには、なりふりかまわずふりしぼるしかない。泥仕合にこそ、楠木は勝機を見出した。恵まれなかったパンチ力をやりくりし、ランカーたちと渡り合う日々。苦しくともそれは充実した日々だった。

だが、日本ランカー入りして三年目、トレーナーから宣告された。

「啓蔵、潮時《しおどき》だ。やばいのは身体《からだ》じゃねえ。脳みそだ。やりたいのはわかる。だがタイミングを間違えるべきじゃない。まともにしゃべれなくなったお前を見たくはねえぞ」

確信を持った目だった。二人三脚、ずっと命をあずけてきた。

楠木は、その言葉にしたがった。

失ったのはボクシングだけではなかった。生きる意味もわからなくなった。気づけば、いくつかの風俗店を掛け持ち、用心棒まがいの仕事で日々をしのいでいた。

このまま終わりたくない。

自分の会社を持つ。そう一念発起した楠木は、ウェブサイト制作会社に入社した。三年間必死に働いてノウハウを覚えて独立した。だが、仕事を取ってくる難しさは技術の取得とはまた別のものだった。どうあがいても活路を見出せず、このままいけば廃業確実。

そんな袋小路《ふくろこうじ》の中で出会ったのが恵だった。交際当時、恵は高級アクアリウムを扱うリース会社で営業を担当していた。仕事柄、語学が堪能《たんのう》で四ヵ国語を使いこなし、販売実績も優秀。そんな恵は、攻めあぐねていた楠木に営業アプローチの術《すべ》を教えてくれた。助言にしたがい、縁を切っていた用心棒時代の人脈から、仕事を取れるようになった。口コミを通じて少しずつ依頼が増え、人を雇えるほどになっていった。

恵は、楠木の死にかけた小さな会社を生き返らせた。

交際は続き、二人は結婚した。楠木は恵の笑顔を愛し、恵は楠木のストレートな喜怒哀楽を愛してくれたと思う。

恵は、楠木の日々すべてを変えてくれた存在だった。


膜が張ったような思考の中、楠木はグラスにウィスキーを注いだ。

満たされるグラスの隣、目に入ったファスナーつきのビニール袋に手を伸ばす。

病院から渡された、恵の私物。

財布に時計、スマートフォン、アクセサリー。

それらの中から、ペンダントを取り出した。

変わった形をしている。じっくりと観察するが、モチーフさえわからなかった。

翼のある黄金の女性像。作りはデフォルメ調ではなく写実的で、アンティークな雰囲気がある。身体を覆《おお》う一枚布は、古代ローマの彫刻を思わせた。恵はよく身につけていたが、ペンダントトップは大事そうに服の中にしまっていたのを覚えている。

これがなにかさえわからない。

今さらに悔《く》いた楠木は、ペンダントのモチーフを知りたいと思った。

五

ブランド名の入っていないペンダント。

その素性を探し出すのは、思いのほか骨が折れた。ネットでは、手がかりさえ見つけられなかった。あきらめきれず楠木は、都内のアンティークを扱うジュエリーショップを訪れては、連日聞きまわった。

　恵に関わるなにかをやっていたかった。

たどり着いたのは、渋谷《しぶや》にあるアンティーク専門の小さなジュエリーショップだった。繁華街から少し外れた一角。狭い店内で、楠木は恵のペンダントを見てもらっていた。

「ニケって神様、聞いたことあります？」

　小太りで人の好《よ》さそうな店主が、ペンダントをルーペで見つめながら言った。

「ニケ？」

「では、ナイキは？」

「シューズのですか」

「そうそう。そのブランド名の由来になった神ですよ。ギリシア神話に出てくる女神、ニケ。それを英語読みにしたのがナイキ。サモトラケのニケが有名ですかね。翼があって頭と両腕がない彫刻、なにかで見たことないですか。ルーヴル美術館にあるんですけどね」

「ああ、なんとなく」

　ルーヴル美術館と聞いて、翼の生えた白い女神の彫刻を思い出した。

「でも、ぜんぜん違いますよね？」

　楠木は返してもらったペンダントをかざして言った。この女性像にも翼はあるが、頭も腕も失われてはいないし、ポーズも記憶と違う。

「そのペンダントのモチーフのニケは、ルーヴル美術館にあるニケじゃありませんからね」

「ほかにもあるんですか」

「ええ、それはオリンピアのニケです」

「オリンピア？」

「世界の七不思議って聞いたことありませんか」

「ピラミッド、とかでしたっけ？」

「そうです。Seven Wonders of the World。ギザのピラミッド、バビロンの空中庭園、ロードス島の巨像などが有名ですかね。現存しているのはピラミッドくらいですけど。七不思議といっても、オカルト的な意味ではありませんよ。古代世界で、旅行をしたら必ず観光するべき価値ある建造物という意味で使われていたんです。日本語に訳したときに、『不思議』とされてしまったので勘違いされていますけどね。本来は『驚くべき』や『称賛すべき』といったニュアンスです。どれも実在していたと考えられています」

「このニケも、七不思議のひとつなんですか」

「ええ。しかもオリンピアのニケは、ルーヴル美術館にあるサモトラケのニケとは別格ですよ。存在するのならば、美術界はひっくり返り、世界中の話題をさらうでしょうね」

楠木は眉《まゆ》を寄せた。オリンピアのニケなど、聞いたこともない。それがルーヴル美術館のニケとは別格と言われても意味がわからない。

そして、なぜ恵がそのニケを模したペンダントを。

「興味が湧かれたようですね」

首をかしげた楠木に、店主はふくよかな笑みを見せると、カウンターチェアに座るよう勧めた。

「コーヒー、淹《い》れますよ」

「あの……」

「なにか買ってくれとは言いませんから、ご心配なく。しばらくお客さんも来なそうですし。見た通り暇ですから」

盆にコーヒーを載せ、とことこと裏から戻ってきた店主は言った。

「オリンピアのニケは、世界の七不思議に含まれますが、正確には七不思議そのものというわけではありません」

再び首をかしげた楠木に、店主は続けた。

「紀元前四三〇年頃。ペイディアスという彫刻家が、ギリシア神話で有名なゼウスの像を作ったんです。それはギリシャにあったゼウス神殿に祀《まつ》られました」

「ゼウスは聞いたことがあります」

「有名ですね。ちなみに祀られていた神殿では、オリンピックが開催されていました」

「オリンピック？」

「といっても近代オリンピックではなく、古代オリンピックで別ものですけどね」

「へえ」

「古代オリンピックの中心地、ゼウス神殿にあった像が、オリンピアのゼウス像です。玉座に座った状態にもかかわらず、十三メートルもある巨像だったそうですよ。四階建ての家くらいの高さですかね」

「かなりの大きさですね」

「紀元前の話とは思えないですよね。内部は木製だったそうですが、外側は象牙《ぞうげ》と黄金で埋め尽くされた荘厳豪華なものだったそうです。実際、目にした人は、本物の神を見ているような感覚に陥《おちい》ったと文献に残されています。かなりの力作だったんでしょう」

「そのオリンピアのゼウス像が世界の七不思議のひとつ、ということですか」

店主は頷いた。

「それで……そのゼウス像と、このニケはどう関係しているんです？」

楠木は手元のニケに視線を落とした。

「ギリシア神話において、ニケは勝利の女神なんです。ゼウスに常に付き添い、勝利をもたらしたとされています。ティンカーベルってわかります？　ピーターパンと一緒にいる妖精《ようせい》。あんなイメージですかね」

「オリンピアのゼウス像にも、ニケがついていたと？」

「そういうことです。お持ちのペンダントは、オリンピアのゼウス像が手に載せていたオリンピアのニケがモチーフだと思いますよ」

楠木は首をひねった。

「でも、さっきの話だと世界の七不思議で現代まで残っているのは、ピラミッドだけだと。もう存在していないのでは？」

「その通り」

店主はうれしそうに言った。

「ゼウス像は建造から約八百年にわたって、ゼウス神殿にありました。ですが、ギリシア神話の信仰が衰退したローマ時代、コンスタンティノープル――今のイスタンブールへ移送され、そこで焼失したと言われています」

「では、このペンダントのニケは、想像で作られたものってことですか」

「いいえ。そのペンダントには、少しだけロマンがあるんですよ」

「ロマン？」

楠木は聞き返した。

店主は楽しげに目を細め、コーヒーを口にして続けた。

「もう七年くらい前ですかね。トルコの首都アンカラに、テルマエと呼ばれる古代ローマの浴場の遺跡があるんです。その近くでオリンピアのニケが発見されたと報道されたんです」

店主はスマホで検索すると、画面をこちらに見せた。

石組みされた地下と思《おぼ》しき一室に鎮座する、黄金の有翼女性全身像。画質が悪く、はっきりと全体像が読み取れない。だが、恵のペンダントと感じが似ていた。

「この写真のニケが、ペンダントのモチーフということですか」

楠木はペンダントを見つめながら聞いた。

「ええ。そうだと思います。実はこのオリンピアのニケは、いわくつきでしてね」

いたずらっぽい顔で、店主は続ける。

「この画質の悪さ、どこか作為的じゃないですか。引きの画《え》なのに砂埃《すなぼこり》のせいか全体がはっきりしない。ちょっとミステリアスですよね。像の足元を見てください」

像の足元に視線を移すと、黄金ではなく白いものが見えた。

「発見者によると、この白いものは象牙なんだそうです。ゼウス像の手のひらの一部だと。ニケがゼウスの手のひらにいた証拠ということです。確かに文献では、ゼウスの衣類は黄金、素肌は象牙で再現されていたそうですからね」

「これ、本物なんですか。こんなニュース、記憶にないですけど」

「ほとんど話題にならなかったですからね」

「世界の七不思議なのに？」

「美術界ではそれなりに話題になりましたよ。ですがいろいろあったんです。発見したのは土地の所有者でした。建て替えの際に遺跡とニケを発見したそうです。テレビ局を呼んで、本物に間違いないと興奮してインタビューに答えていました。ですが」

「ですが？」

「一週間後、所有者は会見を開き、謝罪しました」

「嘘《うそ》だったんですか」

「そういうことです。ニケ像はフェイクで、地域活性のきっかけになればと出来心でやってしまったと。像は知人に依頼して、作製してもらった贋作《がんさく》だったと謝罪しました」

楠木はペンダントに視線を落とした。恵はなぜ、そんなもののペンダントを。

「ですが、話はそこで終わりじゃありません」

楠木は顔を上げた。

「一ヵ月後、所有者が交通事故で亡くなったんです。ひき逃げだったそうですが、犯人は見つからなかった。同時に不可解なことが起こった。贋作だと言っていたニケ像が行方不明になっていたんです。さらに不可解なことがもうひとつ。贋作の作製を依頼したという知人が、存在しなかったんです」

「えっと、その写真はCGなどだったということですか」

「いいえ。所有者は、写真は撮らせなかったそうですが、取材陣に実物を見せていました。だから、存在していたのは間違いないようです」

「どういうことなんです？」

「贋作のはずのオリンピアのニケは現場から消え、贋作作製者も存在しない。真実を知る所有者は死亡」

意味ありげな顔で店主は、楠木を見る。

楠木は聞いた。

「実は本物だったと？」

店主は相好を崩した。

「いやあ、偽物でしょうね」

あっさりと言った。

「そもそも写真の画像の粗さからして胡散臭《うさんくさ》いでしょ。発見者が死んだというのも本当かどうか。そんなわけでニュースには、ほとんどならなかったんです。でもオリンピアのニケが発見されたと報道され、発見者が謝罪したというところまでは本当です。当時、日本でも少しだけですが、報道されましたよ」

「都市伝説みたいなものですか」

「そんな感じですね。それでも私はあのニュースを目にしたとき、大人げなく興奮しましたよ。なにせオリンピアのニケですからね。ニケと共にあったオリンピアのゼウス像は、ギリシア神話信仰の中心地であるゼウス神殿の主神だったんです。古代ギリシアの魂といってもいい。そういう意味でもオリンピアのニケは、ルーヴル美術館のニケとは比べものにならない至宝なんです」

報道時の興奮を思い出したのか早口になっていた店主だったが、「ま、嘘だったんですけどねえ」と心から残念そうに言った。

店主はスマホに映るオリンピアのニケを指さした。

「ということで、お持ちのペンダントは、この写真のニケをもとに作られたものだと思います。画像は粗いですが、月桂樹《げっけいじゅ》を持つ手の角度とか、服がたなびいた感じ。よく似ているでしょう？」

確かに画像のオリンピアのニケは、恵のペンダントとよく似ていた。

「アンティークジュエリーには、ロマンを購入するといった側面もあるんです。そのペンダントの持ち主は、ニケが本当にお好きなんでしょうね。この色み、純金だと思います。販売された話は聞いたことがないので、オーダーメイドで作ってもらったんだと思います。オリンピアのニケ。ルーヴルのニケより遥《はる》かにロマンがある。そういう遊び心、私は好きですよ」

六

ジュエリーショップを出た楠木は、駅前まで戻りカフェに入った。

パニーニとオレンジジュースを受け取り、席に着く。

カウンターでペンダントをあらためて見つめた。

古代ギリシアの有翼の女神の黄金像――オリンピアのニケ。

恵がギリシア彫刻に興味を持っていたとは、まったくの初耳だった。

ルーヴルなどの美術館に興味があると聞いたこともない。展覧会に行くこともなければ、その手の本を読んでいるのも見たことがなかった。

「オリンピアのニケ……」

口に出してつぶやいてみた。

その瞬間、楠木の脳裏に浮かんだ言葉があった。

――ピアノ、行け。

向井始が、報道カメラに叫んでいた意味不明の言葉。

楠木はスマートフォンを取り出してイヤフォンをつけ、保存していた報道動画を再生する。

カメラに向かって、笑みを浮かべて向井が叫ぶシーン。

目を閉じ、発音を注意深く聞き取った。

「オリンピアのニケ」

そう言っているように聞こえた。

向井は、オリンピアのニケと言っていた？

楠木は思い返す。

向井の多額の借金。そもそも二十五歳で借金できる額などたかがしれている。非合法に借りた金で多額になったとしても、アルバイト暮らしの向井から満足な額を回収できるはずもない。親から毟《むし》るつもりだったのなら、追い込みをかけるのは本人ではなく親だ。

それならなぜ、チャイニーズマフィアは新潟から四人のパキスタン人を引き連れてわざわざ上京し、向井を追い立てた？　そのコストを考えれば、割に合うとはとても思えない。

楠木は事件当日の朝を思い出す。恵は話があると言っていた。

あれは、なにかを伝えようとしていた？

恵は、自身の身に起きることを予見していたのだろうか。

まさか、向井と恵は面識があった？　いや、そんなはずは。

考えがまとまらないまま、楠木は店から出て走り出した。

七

「だからですね。向井がカメラに叫んでいたのは『ピアノ、行け』じゃないんです。『オリンピアのニケ』と言っていた可能性があるんです」

戸塚警察署の事情聴取室で、楠木は必死に説明していた。

「もしそうなら向井は妻を知っていて、妻を狙《ねら》ったのは偶然じゃないかもしれないんです」

前回、事件の概要を説明してくれた刑事の顔には、困惑が浮かんでいた。

「その証拠が妻のペンダントなんです。これはオリンピアのニケをモチーフにしてるんです。だからあれは――」

刑事が口を挟まないように、堪《こら》えているのがわかった。

「向井が叫んでいたのは、オリンピアのニケなんじゃないかっ……て」

楠木はしりすぼみに言った。

話しながら自分でも思った。根拠として薄すぎる。

刑事は楠木を見つめ、ゆっくりと頷いて見せた。

「楠木さん。奥さまの件で心配されるお気持ちや、いろいろとお考えになるのはわかります」

噛んで含めるように続ける。

「我々も調べています。確かに奥さまは、ギリシア神話や美術品にご関心があったようです」

「え？」

顔を上げた楠木は聞き返した。

「どうして知っているんです？　やっぱりなにかあったんですか」

「いえ、そういうことではありません。奥さまは、二つの大学で聴講生として受講されていましたよね」

楠木のぽかんとした顔に気づかず、刑事が続ける。

「担当教授にも話を聞きましたが、押しかけて質問攻めにするくらいの熱心さだったそうで」

「……え？」

楠木は声をあげた。寝耳に水だった。

刑事は驚いた顔で言った。

「……ご存じなかったんですか」

「聞いていません。でも、夜に出かけることもなかったですし」

恵は私立病院の事務方で、フルタイムで働いていた。昼間受講することはできない。

「受講されていたのは日中です。会社を経営されているので、時間調整されていたのでしょう」

「経営？」

「ええ。アクアリウムのリース会社を……」

楠木の表情に、刑事は言葉を途切れさせた。

混乱しながらも楠木は説明した。

「あの、確かに妻は以前、アクアリウムのリース会社に勤務していたことはあります。でも経営者じゃありませんよ」

笑って答えたが、刑事の顔は変わらなかった。

楠木と恵が出会ったのは、前職のアクアリウムのリースとメンテナンスを行っている会社だった。だが、恵は社員で、経営者などではなかった。

「営業だったんですが、辞めてからは残業のない私立病院で事務を……」

あっけにとられた顔をしていた刑事だったが、察したように視線を外した。

そして首を横に振ると、はっきりと言った。

「いいえ、経営者です。間違いありません。それに向井が逃げ込んだマンションですが、奥さまの会社名義のものでした。事務所として借りていらっしゃったようです。奥さまは自分のマンションへ逃げ込もうとしたんでしょう。そこに入り込まれてしまったんです」

楠木は、茫然《ぼうぜん》と刑事の顔を見つめた。

「本当になにも聞いていらっしゃらなかったんですか」

刑事の問いに楠木は答えられず、うつむいて額に手をやった。

同情を含んだ声が聞こえた。

「奥さまにも、ご事情があったのかもしれません。楠木さん、今回の件で混乱されるのはわかります。ただ、私どもも、しっかりと捜査はしております。なにかありましたら、必ずお知らせしますので――」

頷くことしかできなかった。

八

首都高を走りながら、楠木は刑事の話を反芻していた。

恵が会社を経営していた?

それが本当なら、恵はなぜ言わなかった?

理由が思い当たらない。結婚後も財布は別だった。だが、恵の金遣いが荒いと思ったことはない。むしろ楠木より倹約家で、無駄遣いを怒られた。

週一回の外食だって、安くて旨い店を探していたし、恵が風邪をひいて寝込んだときだって、目を覚まし楠木に気づくと、そばにいてくれてうれしいと。

なんだってそんな――。

混乱し意味のない否定材料を並べる中、脳裏に浮かんだことがあった。

楠木の意識はそれに吸われた。無意識に忘れようとしていたことが、立ち上がってくる。

ふいに眼前の車のテールランプが迫り、急ブレーキを踏んだ。

我に返り、息を吐いた楠木は思い出した。

幾度かあった。いや、もっとか。結婚すればと思ったが、より濃くなった。はっきりと形を帯びたものではない。それは、漠然とした不安に近いものだった。

なんにせよ、実際に確かめればいいだけだ。

アクアリウムの会社を経営していた？

ちょっとした手違いによる警察の勘違い。すべては杞憂《きゆう》かもしれないのだ。

ハンドルを握りなおした楠木は、アクセルを踏んだ。


振り返った楠木は、信じられない思いで見上げていた。

視線の先には、藤沢《ふじさわ》病院と書かれた看板があった。

理学療法《リハビリテーション》がメインの中規模病院。高輪台《たかなわだい》駅近くにあるこの病院で、恵は医療事務として働いていたはずだった。勤務先の電話番号も知らなかったが、病院名と所在地で調べると存在していた。

だが受付で訊《たず》ねると、恵の在籍事実はなかった。

車に戻った楠木は、両手で顔を覆った。

「……なんなんだよ。これ」

ヘッドレストに頭を打ちつける。

刑事の話を呑《の》み込めず、ここまで来た。だが、間違いではなかった。

これからどうするべきかもわからない。

しつこいバイブ音。視線を落とすとスマホが震えていた。

「……はい」

「楠木啓蔵さまの携帯電話で、よろしかったでしょうか」

「どちらさま？」楠木は上の空で言った。

「奥さまの経営されている『プテラ』と顧問契約をしております、持田《もちだ》と申します」

相手は弁護士だという。成年後見制度がどうこうと説明された。要は、恵の経営している会社の相続について話をしたいとのことだった。

ダメ押しのように突きつけられる現実に、楠木は頭をかきむしった。

「申し訳ないが、今は考えられません。落ち着いたら電話します」

なんとかそれだけ言うと、電話を切った。

「……くそ」悪態《あくたい》が口をつく。

楠木は再び車を出した。

新宿まで来た楠木は、フロントガラスに顔を寄せた。

頭上に見える三連の高層ビル。猫耳帽子をかぶった三兄弟が並んでいるように見える新宿パークタワー。スロープから駐車場へ入っていった。

パークタワーから出た楠木は、隣のビルへ足早に向かった。

一階に「プテラ」と書かれたしゃれた看板が見える。プテラは高級デザイナーズアクアリウムのリースを手掛ける、社員二十名ほどの会社だった。

かつて恵が……はずだった。

「すいません」

受付で恵の夫であることを告げると、理由も聞かず応接室へ通された。

出てきたのは女性の社長だった。当時、見かけた記憶はあるが話したことはない。

「社長の三石《みついし》と申します。今回は突然のことで、心より――」

「申し訳ないが、単刀直入に聞かせてください。恵はここの従業員ではなく、経営者だったんですか」

しっかりと頷いた三石に、楠木は言葉を継げなかった。

「オーナーである奥さまの強い希望で、表向きは社員として接客されていました」

「……なぜ、恵はそんなことをしていたんです？」

結婚してもなお恵は、楠木にその片鱗《へんりん》さえ明かさなかった。

三石は首を横に振った。

「理由は聞かされておりません」

三石は恵のプライベートを一切知らなかった。楠木と結婚していたことも弁護士から聞かされたばかりだという。恵と連絡が取れなくなっていろいろとあったのだろう。蓄積した疲労と混乱が、その顔に滲《にじ》んでいた。

「恵のパソコンや会社用の携帯はありますか」

「ええ。オーナーの机に」

案内された恵の机は、ほかの社員と同じ並びにあった。小ぎれいだがものが多いのが、自宅の雰囲気と似ていた。その中にポップなおばけが描かれたマグカップ。家にあるものと同じだった。

視線をそらし、パソコンを起動するとパスワードがかかっていた。

「パスワードはオーナーの意向で私と共通化しています」

三石からパスワードを聞いてログインする。議事録やメールの内容から、直近まで恵が経営者として働いていたということがわかった。スマホも同じだった。

「三石さん。恵が経営者として、どのように働いていたのか教えてもらえますか」

「ええ、もちろんです」

三石によると、恵は業者とのやりとりでも表には出ることはなく、存在を知られていなかった。だが実際のところ、経営の細かなかじ取りを仕切っていたという。

「楠木さん」

一通り話し終えたところで、三石は意を決したように言った。

「今後、楠木さんがオーナーの代行をされるとお聞きしています。私たち社員一同、この仕事に誇りを持っています。私も未熟ではありますが、オーナーから多くを学ばせていただきました。やっていける自信はあります。このまま会社を続けていくご意思はございますか」

祈るような切羽詰《せっぱつ》まった声。同じく小さな会社を経営する楠木にも、その気持ちは痛いほどわかった。

「お気持ちはわかります。ですが、すぐに返答はできません。今はこのまま営業を続けてもらえると助かります。つぶすようなことをするつもりはありませんから」

力が抜けたように両肩を落とした三石は、噛みしめるように頭を下げた。

「――ありがとうございます」

プテラを後にした楠木は、駐車しているビルへ向かった。

ふと立ち止まり、頬に手を触れる。

痺《しび》れるような痛み。ずっと歯を食いしばっていたようだ。

「……マジで、なんなんだよ」

つぶやきと共に、笑いが出た。

自分の知る恵と、突きつけられる恵。その二つの笑いが出るほどの乖離《かいり》。恵は嘘をついていた。それは確かだ。そして、その嘘は楠木には大きすぎた。

なんのために、こんな嘘を。

事件の日の朝、あの思いつめた顔。あれはなんだったのか。

意識を失う間際、恵は言った。

「なんでわたしは、――あなたを選んでしまったの」

心から後悔した目が、脳裏に灼きついている。

そして、幾度となく感じていた不安をはっきりと思い出す。

それは、ふとしたときに見せる恵の表情だった。

すべてに絶望したかのようなあの表情。なにがあれば、こんな顔ができるのか。自分とはまったく別の世界に生きているように感じることがあった。

ほかのことならストレートに訊ねていた楠木だったが、それだけは茶化《ちゃか》してさえ聞くこともできなかった。

恵の中には闇《やみ》がある。それは間違いなかった。

闇の正体はわからない。できるのなら消し去ってやりたかった。結婚すれば、自然に消えていくかもしれないとも思った。だが結婚してもなお、闇が消えることはなかった。むしろ濃くなった気さえした。

恵はアクアリウムリース会社で働く前、水商売をしていたと言っていた。両親の作った借金を返すためだと。安寧《あんねい》な人生でなかったことは想像できる。だが、今思えば、恵の抱えている闇は、そんな単純なものではなかったのかもしれない。

恵は子供を欲しがらなかった。一方で公園で子供を見れば、飽きることなく眺めていた。貯金に余裕ができても、マンションや一軒家を欲しがることはなかった。あれだけ語学ができるのに、一度だって海外旅行へ行こうとはしなかった。

それらには、理由があったのだろうか。
病室の恵は、もう戻ってこないだろう。
大きな嘘を置き去りに、楠木との関係も泡《あわ》のごとく消えていくのか。
楠木は握《にぎ》り拳《こぶし》を作り、じっと見下ろした。
そしてつぶやいた。
「やられたことを忘れるな。必ず返せ」
ボクサー時代、身体の芯《しん》までしみ込ませた言葉。
返さなければならないのは、殴られた拳だけではない。
もらった恩も同じだ。
もらいっぱなしでは終わらない。
返すには恵の闇を知らなければ。遅すぎるが、きっと突き止める。
闇は、繋がっているような気がした。
オリンピアのニケ――。
恵のペンダント、向井始が叫んだ言葉。
二人の間には、どんな繋がりがあるのか。
わからない。
それなら確かめる。
闇の正体を見つけ出してやる。
そう決めた楠木は、前に踏み出した。

九

二日後の午睡どき。

楠木は、上野《うえの》の東京国立博物館に来ていた。

ネット上では、カメラに中指を立てて笑いながら、女性の首を切り裂いて植物状態にした向井始の素性探しがされていた。だが真偽不明の情報を元には動けない。

幸い、楠木には伝手《つて》があった。用心棒時代は実際のところ、何でも屋だった。雑多なトラブル対応の中には、キャバ嬢にストーカーする男の身元割り出しや、借金の取り立て相手の居所探しなどもあった。そんなときに基礎調査を依頼していた馴染《なじ》みの探偵社があった。

個人的にも付き合いのある探偵社の溝口圭太《みぞぐちけいた》は、快《こころよ》く仕事を受けてくれた。すぐに向井始が直近で働いていた清掃アルバイトの会社を探し出し、派遣先が東京国立博物館だったことを突き止めてくれた。

清掃会社に出向いた楠木は、フリーランスライターだと偽名と共に伝え、向井の同僚だった丸井《まるい》という男と会う約束を取りつけた。丸井は今も博物館で仕事を続けており、仕事終わりに話を聞けることになっていた。

博物館の前で待っていると、伝えていた偽名で声をかけられた。

「河野《こうの》さん、ですか」

三十代半《なか》ばに見える、色白の男性だった。

「ええ。丸井さんですか」

挨拶《あいさつ》をかわし、楠木は偽の名刺を渡して言った。

「では、近くの喫茶店にでも」

「いえいえいえ」

丸井は大げさに手を振って辞退すると、心配げな顔で言った。

「あのー。向井くんがここで働いていたのは一ヵ月くらいなんです。あまり話せることもないと思うんです。本当にそれでも、いただいちゃっていいんですか」

丸井が言わんとしていることがわかった。

「問題ありません。お約束通り、謝礼はお渡しします。ささいなことでも、聞かせていただければ大丈夫ですから」

丸井は安堵《あんど》の表情を見せた。

目の前のベンチに座り、楠木は向井について訊ねた。

「さっそくですが。向井さんは、職場ではどんな感じの人だったんでしょうか」

「ほとんどしゃべらない人でしたね。まあ、僕も似たタイプですけど。からかうと怒り出しそうな感じもあったんで、イジったりする人もいなかったかな」

「神経質な感じの？」

「神経質っていうか、キレやすそうっていうか。周りを下に見てる……みたいな」

「丸井さんは、なぜそう思われたんです？」

「んー。うまく言えないです。なんとなくってだけで……」

楠木は頷いた。

「彼とプライベートで付き合いがあった方はご存じですか」

「仕事場にはいないと思います」

「仕事ぶりはどうでした?」

「よく怒られてました。仕事中に清掃もしないで館内をうろつくんですよ。それだけじゃなく、休憩中まで館内をうろうろして」

「なにをしていたんです?」

「なんだろ。展示品を見てるって感じでもないんですよね。どっちかというと、お客さんを見ているっていうか。とにかく変わった人でした。結局、辞めさせられましたし」

「勤務態度が問題で?」

「はい。態度をあらためない向井くんに、上司が改善できないなら辞めてほしいと言ったみたいです」

「一緒に仕事をされていて、ほかに印象に残っていることはありますか」

丸井は、しばらく考えて言った。

「一緒に仕事をしてるときじゃなくても大丈夫ですか」

「もちろん」

「彼が辞めてすぐなんですけど。僕が出勤したとき、向井くんが博物館前のベンチに座っているのを見かけたんですよ」

「辞めたあとにですか」

○4○

「ええ」

「博物館前とは、このあたりで？」

「そうです。あそこに座ってました」

男は目の前にある、池の脇に設置されたベンチを指さした。

「事件の四、五日前だったと思います」

「事件の直前――、彼はなにをしていたんです？」

丸井は首を横に振った。

「わからないです。博物館に入っていく客をじっと見てただけで。怖かったのはそのあとです」

「怖かった？」

「ええ。夕方、仕事が終わって博物館から出ると、向井くんがまだそこにいたんですよ。同じ場所に。しかも、それが三日間も続いたんです」

「三日間……。なにか思いつく理由はありますか」

「ちょっと思ったのは、さっき言った上司の花本《はなもと》さんが、見回りで出てくるのを待ってたのかなって」

「恨んでたかもしれないと？」

「もしかしたら」

謝礼を払って丸井と別れた楠木は、博物館の裏口を訪れた。

警備員に向井の上司だった花本を呼んでもらうと在館しており、立ち話であったが話を聞くことができた。向井からの接触はなかったとのことだった。

博物館の前まで戻ってきた楠木は、建物を見上げた。

東京国立博物館。

小豆色《あずき》の瓦屋根《かわらやね》を本館入り口に据えた、和洋折衷《わようせっちゅう》の建築物。

向井は、ここでなにをしていたのか。

別の目的があって働いていたのだろうか。

入り口の両脇でたなびく垂れ幕の文字を見つめながら、楠木は思った。

偶然ではないのかもしれない。

「悠久を抱け。古代ギリシア展」

そう書かれた特別展の垂れ幕が、風をはらんで揺れていた。

十

楠木は、向井が座っていたという博物館前のベンチに腰かけた。

同僚の丸井も上司の花本も、ここの清掃アルバイト以前の向井の職歴は知らなかった。探偵社の溝口圭太も調べるのは難しいという。

楠木は垂れ幕を見つめながら、ここ二日間のことを思い返した。

ペンダント以外にも、恵はなにか残していないのだろうか。そう思い、自宅中を探しまわった。だがギリシャに関するものは、なにひとつ見つけられなかった。再度プテラにも出向いたが同じだった。

　恵に聞きたかった。

　君はなにをしていた？　君が秘めていた闇はなんなんだ？

　向井に聞きたかった。

　あの時、オリンピアのニケと叫んだのか？　恵のことを知っていたのか？

「あの――」

　我に返ると、目の前に女性が立っていた。

　黒のロングスカートに、淡いブラウンのニット。スレンダーで背が高い。頭が小さく、モデルのような雰囲気があった。

　見知らぬ顔だった。楠木が目顔で問い返すと女性は言った。

「記者の方ですか？　さきほど博物館の方に、向井始の話を聞いてらっしゃいましたよね」

「……どちらさまですか」

　警戒感が表に出ないように、聞き返した。

「向井の関係者です。少し、お話いいですか」

「え？　ああ」

　面喰《めんく》らって曖昧《あいまい》に答えた楠木だったが、女性はショートボブを揺らして隣に座った。

「私、あの事件に納得がいかなくて。自分でも調べているんです」

「……ご家族の方ですか」

「いえ、向井くんと一緒に暮らしていました。石川《いしかわ》ノノミと言います」

「交際されていた？」

驚いて訊ねると、女性は頷いた。たれ目と大きな口が印象的で、整った顔立ちをしている。ただ、その落ち着いた雰囲気や服装からは、二十五歳の向井とは、かなりの歳《とし》の差があるように見えた。

楠木の表情を察したのか、石川ノノミは言った。

「向井くんとは、十歳離れています。でも付き合っていたのは事実です」

向井の十歳上ならば、三十五歳。三十三の楠木と同世代だ。楠木が頷いてみせると、ノノミは続けた。

「彼が借金していたなんて嘘です。収入に応じた生活をしていました。アルバイトだったのも、美術品を好きなときに好きなだけ観《み》にいきたいからって。テレビで言われているような人じゃ、ぜんぜんないんです」

ならば、そんな男がなぜ、チャイニーズマフィアに追われ、恵の首を裂いて目覚めなくさせたのか。

よぎった怒りを呑み込み、楠木は訊ねた。

「そうですか。ここで働く前は彼はどこで？」

ノノミの大きな目が、訝しげなものを見る目に変わった。

感情が声音に乗ってしまったのかもしれない。

「すいません。名刺をいただいてもいいですか」

ノノミは言った。

ここは偽るべきではない。楠木は偽名刺ではなく、本物の名刺を渡した。

「楠木と言います。私は記者ではありません。向井始に刺された女性の夫です」

ノノミが絶句するのがわかった。

「調べたいことがあって、彼の同僚から話を聞いていたんです」

しばし言葉を失っていたノノミが、頭を深く下げて言った。

「不用意に話しかけて申し訳ありませんでした。ご不快になられたかと思います。奥さまのこと、本当に申し訳ありませんでした。謝って済む問題ではありませんが、彼に代わってお詫《わ》び申し上げます」

「いえ。むしろ話を聞かせていただきたいくらいです」

不可解という顔で、ノノミがこちらを見た。

「向井くんのですか？」

「ええ」

「ですが、私から聞いても悪い話は――」

「私は、彼を悪人だったと思いたいわけではありません」

沈黙が流れた。

ノノミが訊ねた。

「なにをお知りになりたいのですか」

黒日がちの瞳《ひとみ》が、楠木を見つめた。

「疑念を晴らしたいんです」

「疑念？　疑念とはなんですか」

楠木はストレートに答えてしまったことを後悔した。言葉を選びながら言った。

「彼は……、私の妻のことを知っていたと思いますか」

「え？」

思いもよらなかったのだろう。ノノミの声にはあきらかなとまどいがあった。顔を横に振った。

「知らなかったと思います。なぜそんなことを？」

「私は、向井くんが妻と顔見知りだったかもしれないと、考えています」

「どういうことですか」

「彼は、借金でチャイニーズマフィアから追われていました。逃げている最中に私の妻を人質に取り、パニックに陥って妻を刺した。そう警察から説明を受けました」

「ええ、私も同じです」

「違うのではないかと思っています」

「なぜです？」

「妻と向井くんの間には、共通点がある」

「共通点？　それは何なのですか」

「今はお話しできません」

「どうしてですか」

「わからないことが多すぎる。あなたに話すべきかも判断がつかない」

向井の恋人を信じていいのかわからなかった。

ノノミはうなだれて答えた。

「……確かにそうですね。そう言われて当然です」

立ち上がった楠木は、スマホを取り出して言った。

「よければ連絡先を教えてもらえませんか。話せるようになったら連絡します。その時は向井くんのお話も聞かせてください」

ノノミは楠木を見上げたが、連絡先を口にしなかった。

「……難しいようですね」

するとノノミは、顎先を微《かす》かに震わせながら言った。

「私は、向井くんのことに納得していません」

「ええ。テレビで言われているような人間ではなかっ――」

「そういうことではありません」

断ち切るように、ノノミは言った。

「私は本当の向井くんを知りたいんです。彼には私の知らない秘密があった。それは間違いありません。それなら、あんな事件を起こした理由を知りたい。もしかしたら楠木さんも、奥さんをあんな目に遭わせた彼の動機、真実を知りたいと思われているのではないですか」

楠木は、ぶつける先を見つけられない憤りを宿したノノミの目を見つめた。

それは二度とは会えない恋人の本当の顔を探そうとする目に見えた。

同じだと思った。

向井の動機、そしてその先にあるはずの恵の闇。

「この事件にはなにかある。私はそう思っています。でも警察は取り合ってくれません。楠木さんの言う二人の共通点は、私にはわかりません。ですが、私たちにはお互いしか知りえない情報があるはずです。さきほどお訊ねになりましたよね。向井くんが以前に働いていた場所はどこかと」

立ち上がったノノミは言った。

「私は知っています。そこに行って彼についての話を聞くつもりです」

向かい合ったノノミは、まっすぐにこちらを見た。

「楠木さん。よければ一緒に来ていただけませんか」

黒目がちの瞳には、狂気の片鱗さえ感じさせる必死さがあった。少なくとも、この必死さは嘘ではないと思った。

その目を見つめながら、肚《はら》を決めた楠木は応《こた》えた。

「わかりました。行きましょう」

二章

一

「来ました」

首を伸ばした石川ノノミが声をあげた。楠木が顔を向けると、片側五車線の先にリムジンバスが見える。

羽田空港から長崎空港に到着したところだった。

東京国立博物館で出会ってから、二日がたっていた。

二人の目的地は長崎県美術館。

向井始が東京国立博物館の前に働いていた場所だった。ノノミによると向井の目的は、東京国立博物館と同じく、当時開催されていた古代ギリシア展だったという。

「向井くんは、古代ギリシアの美術品が好きだったんです」

長崎に向かう機内でノノミは言った。

ノノミには、恵が身に着けていたペンダントが、古代ギリシアの美術品であるオリンピアのニケだとは話していなかった。向井が「オリンピアのニケ」とカメラに叫んだ可能性も伝えていない。どこまで話すべきか、決めかねていた。

白いリムジンバスが目の前で停車する。

シートに腰を下ろした楠木は、隣のノノミに素朴な疑問を投げた。

「ギリシャとギリシアって違うものなんですか」

ニケに関する記事を読むと両方出てくる。使い分けがあるようだがよくわからなかった。

「明確な使い分けが決まっているわけではないそうです。ただ、向井くんや私は、近代のものはギリシャ、古代の歴史、哲学、美術などはギリシアと使うのが好きですね」

楠木は頷き、視線を景色に移した。海に囲まれた長い一直線の道を、バスは走っていく。

向井は、古代ギリシアの美術品に本当に興味があったのだろうか。

東京国立博物館で同僚の清掃員だった丸井は、館内をうろついていたが、展示品というよりは客を見ていたと言っていた。さらには博物館の前で、一日中訪れる客を見ていたとも。

向井は誰かを探していたのではないだろうか。まずはそれを確かめたかった。

海と山間を抜け、バスは四十分ほどかけて目的地へ着いた。

楠木は目の前の建造物を見上げた。

長崎県美術館。

ガラス張りの外壁と、その前で整然と並ぶ木板の融合が印象的なエントランスだった。

港町らしく海に面し、建物の間には運河が流れている。

○5○

裏手に回った楠木たちは、受付にアポイントを伝えた。

しばらく待っていると女性が現れた。事前に楠木がフリーランスライターと称して、美術館へ連絡を入れてあった。向井と同時期に働いていた人物を紹介してもらい、会う約束を取りつけていた。

挨拶を交《か》わすと、彼女は言った。

「せっかくですから、屋上へ行きませんか。自慢の眺《なが》めなんですよ」

朗《ほが》らかな笑顔で、まだ学生のように見えた。

十一月にもかかわらず、屋上には鮮やかな芝生が広がっていた。手入れがいいのだろう。ガラス張りの欄干から景色を眺める。拓《ひら》けた視界には、公園と海が広がっていた。そばには、停泊する大型のフェリーも見える。

三人は眺めのいいベンチに座った。

彼女の名前は手島咲《てしまさき》と言った。近所の大学生で、展覧会があるたびに、ここでアルバイトをしているのだという。それで向井と一緒に働いていた時期があった。

談笑しながら話を聞いていく。

手島によると半年前、向井はこの美術館で監視員として働いていた。美術館では当時、古代ギリシア展が開かれていたそうだ。その内容は、事前に聞いていたノノミの話と一致した。

楠木は質問した。

「向井さんは、どんな感じの人でした?」

「とっつきにくい人でしたけど、真面目《まじめ》な方だと思っていました。それが、あんな事件を起こすなんて……驚きました」

ノノミを見やると、うつむいたまま黙っていた。

「事件を起こすような感じの人ではなかったと？」

「実際、そんなに知っているわけじゃないんで、なんともですけど。最低限の会話しかしない人でしたし」

「そこまで無口だと、あぶない感じはしなかったですか」

「んー。無口だったけど、気持ち悪い感じはなかったんですよ。清潔感もあったし、単にそういう性格なんだろうなってくらいで」

「彼は古代ギリシアの美術品が好きで、展覧会に合わせてここに働きに来ていたようです。やっぱりそんな感じをうけました？」

「え、そうなんですか？」

意外そうな声を出した手島は、首をひねった。

「そんなイメージはなかった？」

「ええ。単に時給がいいからだと思ってました」

「美術品ばかり見て、仕事がおろそかになるとかは？」

「まったく。監視員の仕事はしっかりやる方でした。それこそ、お客さんひとりひとりの顔を覚えるんじゃないかってくらいでしたから」

「それって誰かを探している感じとかありました？」

「探す？　いえ、ないと思いますけど……」

手島にとって突飛な質問だったらしく、不思議そうに楠木を見た。

二

長崎に到着してから四時間後。

楠木たちは、再び飛行機に搭乗していた。

あのあと、手島からさらに二人の同僚を紹介してもらい、そのうちのひとりに会うことができたが、似たり寄ったりの話だった。

海上に浮かぶ空港だけの島、長崎空港が小さくなっていく。

窓の外を見つめていると、隣のノノミが言った。

「楠木さんは、向井くんが美術品に興味がなかったと考えているみたいですね」

「わからないから聞いているだけですよ」

「向井くんが誰かを探していたと？」

「ありえないですか」

「ご搭乗の皆さま――」

スピーカー越しに機長のアナウンスが入り、会話が途切れた。

天候や目的地の到着予定時刻が伝えられる。

次の行き先は、神戸《こうべ》。向井が長崎美術館の前に働いていた博物館がある。

英語のアナウンスが終わると、ノノミは言った。

「ありえないとは思いません。向井くんには、私の知らない側面があったのは間違いありませんから。だから、そうだったとしても驚きはしません」

楠木は内心でため息を吐いた。恵のことをいまだ呑み込めない自分とは大違いだった。

「でも、向井くんが古代ギリシアの美術に興味がなかったというのは違います。本当にギリシア彫刻を愛していた人でした。私は古代ギリシア世界について、彼から教えてもらったんですから」

「彼がギリシア彫刻を好きだった理由は聞いてますか」

ノノミは視線を上げ、思い出すように言った。

「ギリシア彫刻は、ほかの彫刻とはまったく違うんだそうです」

目顔で促《うなが》すと、ノノミは話し始めた。

「ドイツやフランス、あるいはイギリス。それら北からの旅行者が、ギリシャを目の当たりにして言うことがあるそうです。地元とはまったく違うと。なにか予想できますか」

「いえ」

ノノミは想像をはためかせるように目を遠くした。

「光と空気です。信じがたいほどの太陽の明るさと、距離感をなくしてしまうほどの透明な空気。たとえば日本のように遠くが淡く霞《かす》んでいくといった趣が、ギリシャにはありません。その代わり、ギリシャの光はすべてをはっきりと映し出すんだそうです」

まるで見てきたような話に、楠木は訊ねた。

「彼は二十五歳でしたよね。ギリシャに行ったか、生活していたことがあったんですか」

「小さいころに何度か、と聞いています」

向井は頻繁に海外に出かけることができる環境だったということだろうか。

「ご両親については聞いたことは？　裕福だったとか、仕事柄海外出張が多かったとか」

「いえ、そういう話は聞いたことがないです」

「東京では、仕送りなどもらっていたようですか」

「ないと思います。そもそも両親の話を一度も聞いたことがありません」

楠木は頷き、ちらりとノノミを見た。

ノノミは大学の事務局で働いているという。向井とは、大学主催の美術セミナーがきっかけで知り合ったそうだ。交際三年。向井は収入に応じた慎《つつ》ましい生活をしていると言っていたが、同棲《どうせい》していたマンションの家賃は彼女が出していたようだ。さらにノノミは今回、二週間の休みをとっている。向井にかなりの思い入れがあるのは間違いない。

少し引っかかるのが、向井のどこに惹《ひ》かれたのかということだった。蓼《たで》食う虫も好き好きとはいえ、聞き込みでは人柄《ひとがら》がいいというイメージはない。生活は不安定なアルバイト。小柄で特段顔立ちがいいわけでもない。一方で歳の差があるとはいえ、ノノミはすらりとした体つきで、端整な顔立ちをしている。それがなぜ、向井にここまで入れ込んだのか。

「少し立ち入った質問をしてもいいですか」

「はい？」

「ノノミさんは、向井くんのどこに惹かれたんですか」

「え」

ノノミはストレートな問いに驚いた顔を見せた。だが、しばし間をおいてから答えてくれた。

「向井くんは、寡黙《かもく》な人でした。そして口下手。だから、いつも誤解されてトラブルが起きるんです。でもそんなことなどまったく意に介さない人でした。向井くんにあったのは、どこまでも古代ギリシアの美術品への情熱。怖くなるくらいの純度の高さでした。多分、私はそこに惹かれたんだと思います」

「そうですか」

頷いた楠木は、本題に戻した。

「すいません、変な質問をしてしまって。それで、向井くんがギリシア彫刻とほかの彫刻が違うと言った理由は、ギリシャの光と空気にあるということでしたけど」

「そうです。ギリシャの風景を目の当たりにすれば、ギリシャ人が彫刻に優れるのはあきらかだって。ギリシャでは、なにもかもが彫刻的なんです。山の稜線《りょうせん》から人の肉体の凹凸まで。目にするものすべてが明瞭《めいりょう》で触覚的。ギリシャでは、見るという行為そのものが、彫刻を鑑賞しているのと同じなんだと言っていました」

「それが、古代ギリシア彫刻が優れている理由だと？」

「根源的には」

「根源的？　それ以外にも？」

「神々です。古代ギリシア世界の神々がギリシア彫刻をさらなる高みへ押し上げたんです」

「神々……ですか。神が彫刻を優れたものにしたと？」

オカルトめいた話だろうか。楠木は目を細めた。

「そういう話ではありません」

ぴしゃりと言われ、楠木はバツが悪く頷いてみせた。

「古代、信仰されていたギリシアの神々の神話には教義がありません。キリスト教や仏教のような教典や経典もなく、あるのは詩人などが語り継いできた神話だけでした」

「口伝のみだったと？」

「ええ。神話をまとめた本はいくつかあります。ですが教典は存在しません。それゆえ、詩人の言葉の中にしか存在しない神々はとても曖昧でした。詩人による物語の中で、美しいや逞《たくま》しいといった抽象的にしか語られない神々。そんな神々に、彫刻家は目に見える形を与える存在だったんです」

ノノミは熱を帯びたように続けた。

「加えてギリシア神話には、キリスト教における教皇や神父、古代エジプトの司祭、仏教の僧《そう》侶《りょ》のような、神の代弁者が存在しませんでした。これが意味することがわかりますか」

しばし黙然と考えた楠木は答えた。

「好き勝手に神を創れた？」

ノノミは苦笑しながら頷いた。

「言い方に語弊はありますが、その通りです。多くの宗教では、宗教画や宗教彫刻に厳格なルールがあります。制作者はそのルールに則《のっと》って創りあげます。ですが、古代ギリシアの彫刻家は違ったんです。その脳内に迸《ほとばし》らせるイメージを、時の権威者の都合によって制約されることが一切なかった。彫刻家が神の彫刻を創り上げるとき、ただひたすら自身のイマジネーションを追いかけて神を表現できた。ある意味で神の姿は、彫刻家によって定義づけられたともいえます」

しばし考えた楠木は言った。

「すべてを彫刻的に映し出すギリシャの光と空気。そして情熱のままに神々を表現できた彫刻家。その二つがそろったからこそ、古代ギリシアの彫刻は特別だということですか」

「その通りです。そしてそれらの彫刻は、情熱的に神の姿を求める市井の人々に評価、賛美され磨《みが》き上げられていったんです。少なくとも向井くんはそう考えていました」

楠木は頷いた。ノノミの話からすると、向井がギリシア彫刻に興味があったのは間違いないのだろう。

話に夢中になったノノミは、楠木に顔を近づけ興奮したように続けた。

「そんなギリシア彫刻の中で、頂点のひとつとされるのが、オリンピアのゼウス像です。現存はしていませんが、彼は特にゼウス像の――」

「お飲みものはどうされますか」

キャビンアテンダントの声に、我に返ったノノミは乗り出していた細い身体を座席に戻した。

楠木は受け取ったコーヒーを口にしながら、横目でノノミを見た。

ノノミが言いかけたのはきっと、ゼウス像に寄り添っていたオリンピアのニケだろう。

向井も恵と同じく、オリンピアのニケに興味を持っていたのだ。

楠木は沈思した。恵のペンダントについて言うべきか。

即断できなかった。

もう少し様子を見よう。そう決めた楠木は、続きは聞かず目を閉じた。

三

「お時間を取っていただき、ありがとうございました」

喫茶店を出たところで礼を言った楠木たちは、向井の元同僚と別れた。

神戸市の中心地、神戸三宮《さんのみや》駅近く。

朝から羽田、長崎、神戸空港へと乗り継ぎ、もう陽《ひ》は暮れかけていた。

赤らんだ夕陽に目を細め、楠木はノノミに言った。

「閉館まで少し時間があります。博物館のほうも見ておきませんか」

道路を挟んだ対面に、神戸市立博物館があった。

一階から三階までを貫《つらぬ》く六本の石柱が印象的な建築物。ノノミによればこの石柱はドーリア様式であり、古代ギリシアの建築様式のひとつなのだという。そして向井が働いていた時期、ここでも古代ギリシア展が開催されていた。

入館すると、巨大なホールが広がっていた。白い大理石のタイルに囲まれた吹き抜けの空間。壁際に設置された階段を上がっていくと、二階からはホールが一面に見下ろせるようになっている。見下ろせば閉館間際にもかかわらず、来館者はそこそこいた。

さっきまで喫茶店で話を聞いていたのは、この博物館で向井と同時期に清掃アルバイトをしっていた山本《やまもと》という若い男性だった。山本によると、ここでも向井は担当場所からよくいなくなったという。そんなときは決まって、この二階のホールの欄干を勝手に掃除していたそうだ。

楠木は一階の来館者を見下ろし注意深く観察してみる。この場所からなら、その表情までよく見えた。

同じくホールを見下ろしたノノミが、ぽつりと言った。

「本当に向井くんは……誰かを探していたんでしょうか」

「ほかに予想できることはありますか」

楠木の質問に、ホールを見つめたままノノミは答えなかった。

「傷痕《きずあと》については、彼からなにか聞いてました？」

山本は、向井の腕や足に傷痕がいくつもあったとも言っていた。

――向井さんの手足の傷。けっこうエグかったですよ。

そう言った山本が着替えの際に見たそれは、刺し傷のようだったという。

交際していたノノミなら、少なくとも傷の存在は知っていたはずだ。

「小学生のとき、自転車のブレーキが壊れてスーパーの裏手に突っ込んだと。空の段ボール置き場で、段ボールの角やら金具で傷だらけになったって」

真実とも嘘ともとれるような話だった。

「オリンピックの件については？」

訊ねながら楠木は、山本とのやりとりを思い返した。

○6○

「向井さんから、ギリシア神話や古代ギリシアの美術品について話を聞いたことはありますか」

「え？」

山本はぴんと来ていないようだった。

「たとえば、オリンピアのゼウスの話とか」

「ああ。そういえば――あれは、どういう流れだったかな。控《ひか》え室でオリンピックの話になったんですよ。オリンピックは紀元前から続いているって誰かが言って。向井さんにすごいよねって振ったら、今のオリンピックと、古代オリンピックはまったく違うって。古代オリンピックはゼウスに捧《ささ》げられるものだとかなんとか言って、なんか不機嫌になっちゃって」

「どう違うと？」

「いやー、そこまではちょっと覚えてないですね」

「実際、近代オリンピックと古代オリンピックはぜんぜん違うものですから」

ノノミが言った。

以前、楠木が話を聞いたアンティークジュエリーショップの店主も、同じことを言っていた。

「古代オリンピックは、今から二千八百年前に始まった宗教儀礼です。ですが、時代と共にギリシア神話への信仰は衰退していきました。そしてローマ帝国がキリスト教を国教とした千六百年前、古代オリンピックは千二百年続いた歴史の幕を閉じたんです。それをモデルとした別物として、百二十年ほど前にスポーツを通じた平和の祭典として復興したのが、近代オリンピックです」

「古代オリンピックは、スポーツの祭典ではなかったんですか」

「運動競技はありましたが、メインではありません。あくまでゼウスに捧げるための祭典でした」

「なにがメインだったんですか」

「大犠牲式です。主祭神ゼウスへ捧げる儀式でした。百頭の雄牛を引き連れて、巨大なオリンピアのゼウス像が鎮座する神殿の周りを練り歩くんです。その後、すべての雄牛は屠《ほふ》られ、大腿《だいたい》部がゼウスの祭壇に捧げられて灰になるまで焼き尽くされました。残りの肉は何千もの参列者で共食され、宴《うたげ》となったそうです」

「確かに今のオリンピックとは、まったく違いますね」

楠木はホールから階段を上がっていく来館者の流れを見つめながら言った。

「つけ加えれば、古代オリンピックの開催地だったオリンピアは、巨大な美術館でもあったんです。開催地は神域とされ、そこにはギリシア美術の粋《すい》を集めた三千体以上の彫像が置かれていました」

「そんなに？」

「ええ。だから古代オリンピックは、美術の祭典ともいえたんです。その数多《あまた》の彫像の中でも、多くの参列者のお目当てだったのが、主神であるオリンピアのゼウス像でした。だからこそ黄金と象牙でできたゼウスの巨像は、世界の七不思議にも選ばれたんです。向井くんはそのゼウス像に強く心惹かれていました」

「オリンピアのゼウス像には、ニケがつきしたがっていましたか？」

ノノミは驚いた顔をした。

「そうです。よくご存じですね。実際のところ、向井くんはゼウス像より、ニケ像に興味を持っていました。でも楠木さんはなぜ、ニケを知っているんですか」

話すべきか。

楠木はポケットに手を入れた。指先に恵のペンダント、オリンピアのニケが触れる。

その時、楠木は視界に違和を感じた。

一階ホール。奥のミュージアムショップの端《はし》に立っている男。壁の絵画や天井の造りを見ているようで見ていない。男は楠木たちを見ていた。間違いない。視線をずらしつつ、楠木も見返した。金髪の中年男性。白人のようだった。

「ノノミさん」

「はい？」

「こちらを見ている男がいる。一階ホール、奥のミュージアムショップの端。白人です」

「え？」驚いた顔で、ノノミがホールへ顔を向けかける。

「視線を合わせないように見てください」

小さく頷いたノノミだったが、首をかしげた。

「どこですか」

ノノミからホールへ視線を戻すと、男はいなくなっていた。

視線を巡らせるが、姿はない。見間違いだったのだろうか。

いや、確かに見ていた。遠目なので確実ではないが、その服装や雰囲気から堅気ではない気がした。向井を襲った集団を思い出した。だが、あれはチャイニーズマフィアとパキスタン人だった。

勘違い？　神経が過敏になっているだけなのだろうか。

「すいません。見間違いだったのかもしれません」

楠木は目頭に手をやり、息を吐いた。

四

その日は神戸で夜を迎えた。

窓から見下ろせば、二股《ふたまた》に分岐する国道上のテールランプが、闇に光の筋を作っていた。そばにはオレンジに輝く神戸ポートタワーと、七色に瞬《またた》く大観覧車。

ウィスキーが喉を流れていく感触に目を細めた楠木は、ぼんやりとホテルからの夜景を見つめた。

博物館を出たときには、陽が落ちきっていた。神戸で一泊を決め、ノノミと朝に待ち合わせして別れ、ホテルを取った。

ウィスキーグラスをナイトボードに置き、ベッドに転がる。

スマホを見ると、探偵社の溝口圭太からメールが届いていた。

依頼していた、向井始と恵の簡易素性調査の報告書だった。

あまり期待はできないだろう。

そう思いながら、向井の報告書から開いた。

新潟県新発田《しばた》市出身。父と母との三人家族。父親は新潟港で中古建設機械の貿易を営んでいた。父親が起業した若い会社だったが、うまくいっていたらしく裕福だったようだ。ただ、ロシアンマフィアとの関係が噂《うわさ》されていたという。

ロシアンマフィア――。その記述に、楠木は博物館で見た金髪の中年男性を思い出した。遠目で確実ではないが、ロシア系の顔立ちのようにも思えた。

報告書を読み進める。

向井は十年前、不登校になっていた高校を二年で退学している。退学の翌年に母親が他界、その半年後に父親も亡くなっていた。母親の死因は肺炎、父親は泥酔による凍死。父親は後年、事業の失敗による多額の借金があったらしくその死後、実家は人手に渡ったという。

続けて、恵の報告書を読んでいく。

旧姓、釜本《かまもと》恵。愛知県岡崎《おかざき》市出身。父と母の三人家族。高校卒業後、上京し水商売を始めている。上京から一年後、両親が交通事故により他界。水商売で三年働いたあと、高級アクアリウム専門店「プテラ」を立ち上げ。現在は年商七千万円の売り上げ、とあった。

恵からも、両親は交通事故で亡くなったと聞いていた。いわゆる毒親で、ネグレクトに近い家庭環境だったという。両親には多額の借金があり、返済のために恵は上京し、クラブで働いた。そして返済後、プテラで働き始めたと言っていた。

実際はプテラで働き始めたのではなく、恵自身がプテラを起業した。親の借金は嘘で、水商売で貯《た》めた金を起業資金にしたのだろうか。だが、なぜそんな嘘を楠木につく必要があったのか。

そして年商七千万円の売り上げ。アクアリウムリース会社の経営は、専門性が高いように思えるが、経験もなく参入して成功させられるものなのだろうか。

しばらく黙考した楠木は、電話をかけた。

「圭太。遅くにすまない。報告書読んだ。追加で依頼、いいか」

「もちろんです。啓蔵さん」

探偵社の溝口圭太だった。

「悪いな」

「なに言ってるんです。やっと借りを返せるチャンスなんですから」

圭太の言う借りとは、圭太がまだ探偵として駆け出しのころの話だった。尾行にしくじって拉致《らち》されたところを、助けてやったことがあった。以降、圭太は借りを返すと付きまとうようになった。楠木が頼みごとをすることはなかったが、根負けして飲みに行く仲にはなった。

「なんでも言ってください」

圭太が言った。

「俺の奥さんの両親の、生前の素行調査を頼みたい。あと奥さんの卒業アルバムの写真も手に入れてくれるか」

「まかせてください」

毒親は本当だったのだろうか。卒業アルバムには、毒親に翻弄《ほんろう》された陰のある少女の顔があるのか。あるいは起業の夢を持った目をしているのか。

「それと圭太、報告書にある向井の実家のあった住所も頼む」

「そっちはすぐ送ります」

楠木は電話を切った。

まずは新潟の向井始の実家があった場所に行って聞き込みをする。

博物館で見かけた白人の男と、父親とロシアンマフィアの関係が引っかかっていた。

五

「啓蔵、見て見て」

耳慣れた声に、胸の奥が薄い熱を帯びた。

楠木は目を開ける。

自宅だ。ソファでうたた寝をしていたらしい。

二の腕の重みに顔を向けると、やわらかそうな髪と白いつむじが見えた。

「これこれ。世界一、名前がながーい人の名前だって。カッコよくない？」

恵が楠木の腕に頭を寄せたまま、タブレットの画面を見せる。

視線を向けると、画面には「Wolfe + 585」と表示されていた。

「ウルフ585？　ぜんぜん長くないだろ」

楠木は答える。

夢？

いつかあったやりとりだと、楠木はおぼろげに気づいた。

恵がタブレットのリンクをタップすると、膨大なアルファベットの羅列が表示される。

「なんだこれ？」

楠木が言うと、恵はかしこまった声音で言った。

「この人の名前は、アドルフ　ブレイン　チャールズ　デビッド　アール　フレデリック　ジエラルド　ヒューバート　アービン　ジョン　ケネス　ロイド　マーティン　ネロ　オリバーポール……ほにゃら。５８５っていうのはね。名前が長すぎるでしょ？　だからアルファベットを数えた文字数を、名前に略したものなんだってさ」

「名前が五百文字以上あんの？　原稿用紙、名前だけで埋まるな」

肩を揺らして笑う恵の声に、楠木の頬が緩《ゆる》んだ。


楠木は目を覚ました。

身体を起こし、視線を巡らせる。

――神戸のホテル。いつのまにか寝てしまったようだった。

大観覧車が放つ幻想的な七色の明滅が、暗い天井に反射している。

白いつむじが、残像のように脳裏を漂っていた。

得体の知れない喪失感に襲われ、楠木は額に手をやった。

六

「向井くんの実家の場所、わかったんですね」

神戸三宮駅前、待ち合わせた喫茶店のモーニングを食べながらノノミが言った。

「ええ、探偵社から連絡が。それと……」

楠木はスマホを出した。

「確認してほしいことがあって。今、データ送ります」

ノノミもスマホを取り出し、目を通すと視線を上げた。

「住所以外も調べたんですね……」

送ったのは、向井の簡易素性調査報告書だった。

「いい気持ちはしないでしょうけど」

「いいえ。向井くんの経歴でなにか気になることでも？」

「彼の父親です。貿易商をやっていた。噂ではロシアンマフィアと関わりがあったようです」

「それで？」

「昨日、私たちを見ていた白人。見間違いでなければ、ロシア人のようにも見えたんです。なにか彼から聞いたことはないですか」

「さすがに偶然だと思いますけど……」

そう言いながら、ノノミは視線を上げて宙を見た。だがすぐに首を横に振った。

「やっぱり、聞いたことはないですね」

楠木が頷くと、スマホの報告書に目を落としたノノミが言った。

「実家、もう人手に渡っているんですね。だから向井くんは話さなかったんでしょうか。いろいろ……あったんでしょうね。あまりいい思い出がなかったのかなあ」

半ば独り言《ひとごと》のように言うと、背もたれに身体をあずけた。

ノノミは息を吸い込み、目を閉じた。そして、ふっと短く吐き出すと、大きく頷いて言った。

「行きましょう。向井くんが私に話せなかったことを見つけましょう」

その精神的切り替えの早さに、羨《うらや》ましさを感じながら楠木は頷いた。


神戸三宮駅バスターミナル。

楠木とノノミは、大阪国際空港へ向かう高速バスに乗りこんだ。

動きだしたバスは、すぐに高速道路へ入っていく。

海上に架かるハーバーハイウェイの赤い橋を横目に、楠木はポケットに手を入れた。ペンダントを取り出し、隣のノノミの目の前に出した。

ペンダントを見つめたノノミが、少し驚いたように言った。

「オリンピアの……ニケ？」

楠木は頷いた。やはりノノミは知っていた。向井も知っていたということだ。

「向井くんは、オリンピアのニケに興味があったんですよね？」

○7○

「ええ。昨日、博物館で話しましたよね。多くのゼウス像と同じく、オリンピアのゼウス像の手にも、ニケ像はあったそうです。彼はむしろ、ゼウスよりオリンピアのニケに興味がありました」

ノノミは、バスに合わせて揺れるペンダントを見つめて言った。

「でも、なぜこれを楠木さんが？」

「妻のものです」

「奥さんの？」

「ええ。それで観てほしいものがあるんです。見たくはないと思いますが……」

訝しげな顔をするノノミの横で、楠木はスマホを取り出した。動画のリンク先を送る。

「イヤフォンありますか？　再生してもらえますか」

サムネイル画面は、恵を盾にした向井が、報道カメラを見て笑っているところだった。

ノノミは困惑した顔で楠木を見た。

「お願いします」

楠木の真剣な表情に、とまどいながらもノノミは頷いた。視線を落とし、動画の再生を始める。

動画は進み、ベランダへ出た向井が報道カメラに顔を向けて叫ぶシーンが流れた。

楠木は手を伸ばし、そこで動画を止めた。

「今、彼がなんと言ったかわかりますか」

ノノミは目を閉じ、首を横に振った。

「ごめんなさい。今までまともに見たことはなくて……」

「彼はこの時、『ピアノ』『行け』と叫んだといわれています」

顔を上げたノノミは、よくわからないというように首をかしげた。

「私は違うと思っています。しっかりと聞いてほしいんです。彼がなんと言っているのか」

頷いたノノミは再び視線を落とし、挑むようにスマホを見つめた。

目を細め、向井の口の動きをじっと見つめた。

細めた目が大きく開いた。一時停止、早戻しして再生。それを何度か繰り返した。

そして茫然と言った。

「……オリンピアのニケ？」

「私にもそう聞こえます」

「でも……なんで？」

「なにか予想はつかないですか」

ノノミは首を横に振った。

「わからない」

楠木は視線を前に戻し、高速道路の分岐案内の標識を見つめながら言った。

「彼がオリンピアのニケに興味を持っていた理由を教えてくれませんか」

しばらく呆《ほう》けたような顔をしていたノノミだったが、背中を座席にあずけると言った。

「ペイディアスの作品だからです。彼はペイディアスが好きだったんです」

「ペイディアス？」

聞いたことがある気がするが、思い出せなかった。

「オリンピアのゼウス像とニケ像を作った彫刻家です。古代ギリシアの最高傑作といわれるパルテノン神殿建設の総指揮者で、神殿の主神アテナ・パルテノス像の制作にも携わったと言われています。ですが、現代に残る彼の彫刻作品は、ひとつとしてありません。あるのは、ローマ時代に作られた劣化版のレプリカのみです」

「彼はペイディアスのなにに惹かれていたんです？」

「そうですね……。たとえば、ペイディアスの最期《さいご》については、文献によってまちまちだそうです。黄金象牙像を作った際に、黄金を横領したとして追放され殺害された。あるいは制作したアテナ像に自画像を勝手に彫り込み、告発されて獄中死した。あるいはシンプルに、彼を疎《うと》む者たちに毒を盛られて死亡した、などです。その死にざまは多種多様ですが、古代の多くの文献は、異口同音に彼の作品についてこう評しているそうです」

ノノミは黒目がちの瞳を向け、楠木にわずかに顔を近づけて言った。

「ペイディアスほど、神そのものを表現できた者はいなかった」

近すぎる距離に少し身を引き、楠木は言った。

「悪名あれど、彫刻家としては天才だったと？」

「ええ。向井くんはペイディアスの話をするとき、饒舌《じょうぜつ》でした。人々の心の中にある神を、これほど的確に、あるいは超越して表現した彫刻家はいなかったって。能力も度を越えれば、人々を恐れさせる。その度を越した才に恐怖した者たちによって、ペイディアスは告発され、投獄あるいは追放されたんだろうって」

「彼はペイディアスの、彫刻家として常人離れした能力に心酔していたということですか」

「そうです」

楠木は首をかしげた。

「でも、ペイディアスの彫刻は現代に残っていないんですよね？　実際の彫刻を目にしたわけでもないのに、心酔していたと？」

伝聞しか残っていない彫刻家に、そんな思い入れなどできるものなのだろうか。

ノノミは整った面長の顔に、複雑な表情を浮かべた。

「オリンピアのニケにまつわる、トルコのアンカラで起きたフェイク画像の話は知っていますか」

「概要は。これを調べたときに」

恵のペンダントを見ると、ノノミは頷いた。

「オリンピアのゼウス像とニケ像は、建造から八百年後、紀元三九四年に後の東ローマ帝国へ移されました。その後、火災で焼失したと言われています。だけど彼によると、それは違うと」

「どう違うと？」

「当時、オリンピアのゼウス像は巨体ゆえにもてあまされ、解体されてコンスタンティノープルの僻地《へきち》の倉庫で保管されていたと考えられます。そして倉庫が火災に見舞われ、ゼウス像だけは灰になったのだろうと」

「だけ？　ニケは違ったと？」

「そうです。向井くんは、ニケ像は別の場所にあって焼失しなかったと言っていました」

「それは史実なんですか」

ノノミは首を横に振った。

「違います。向井くんがなぜ、あんな確信的に言ったのか、私にもわかりません。聞いても理由は教えてくれませんでした」

楠木は渋谷のアンティークジュエリーショップの店長の話を思い出した。

──オリンピアのニケは、ルーヴル美術館にあるサモトラケのニケとは別格ですよ。存在するのならば、美術界はひっくり返り、世界中の話題をさらうでしょうね。

そしてオリンピアのニケは、もう存在しない。あの店長はそう言っていた。

向井の妄想なのか。あるいは一部でも真実を含んでいるのか。楠木にはわからなかった。

「ニケ像だけが別にされた理由は、宗教的な価値からではなかったはずだ、とも向井くんは言っていました」

オリンピアのニケが存在する前提で語られることに困惑を覚えた楠木は、視線を窓の外にやった。高速道路の防音パネルが途切れ、巨大な橋が顔を出す。橋を支える赤い塔柱を見つめながら訊ねた。

「ゼウスにはない別の価値が、ニケにはあるということですか」

「その通りです。杉の木を芯にして、象牙と薄い金板を被《かぶ》せて制作された巨大なゼウス像と違い、ニケ像は全身が黄金だったそうです。サイズ的にも人間の子供くらいの大きさで、ゼウス像と違って持ち運びしやすかった。天才彫刻家、ペイディアスが作り上げた黄金の彫刻。当時でも高い価値がありました。しかし、キリスト教が国教となった時代ゆえに、大っぴらに扱うことも憚《はばか》られた。それで秘密裏に移された可能性があると」

妙にリアリティのある話に、楠木は黙った。

「それからどのような経緯をたどったのかは不明ですが、トルコのイスタンブール、かつてのコンスタンティノープルから五百キロ離れた都市、アンカラに残る古代ローマ公衆浴場《テルマエ・ロマエ》近くの地中から、オリンピアのニケは発見されたんだと」

「それが、あのニケのフェイクニュースだと?」

「そうです」

楠木は、再びアンティークジュエリーショップの店長の話を思い返す。あのニュースは誤報であり、オリンピアのニケは都市伝説にすぎないと言っていた。

だが、向井はそう考えてはいなかった。

「つまり、彼はフェイクといわれたオリンピアのニケが、本物だったと言っていたんですか」

「というよりも、最初から本物である前提で話していました」

「……なぜ?」

「わかりません。放射性炭素年代測定方法で年代が特定されたとも」

「放射性炭素測定?　ちょっと待ってください」

事情に詳しそうなあの店長も、そんなことは言っていなかった。楠木も調べたが、放射性炭素測定の話は噂にもなっていなかった。測定される前に行方不明になったはずだ。

情報を反芻しているうち、楠木は向井の話の矛盾に気づいた。

「彼は放射性炭素測定で、ニケが調べられたと言っていたんですよね」

「ええ」

「彼が言うにはニケは全身が黄金だった。だとすればありえない。黄金に炭素測定はできないはずです」

炭素を含む物質でないと、放射性炭素測定はできないと聞いたことがある。

ノノミは頷いた。

「その通りです。測定にはニケ像そのものではなく、ニケの足の裏に付着していた象牙が使われたそうです」

「象牙？」

「ニケが載っていたゼウスの手のひらです。取り外したときに残ったものだと考えられると。測定結果、象牙は紀元前五〇〇年から四〇〇年のものだとわかったそうです。文献と一致していたと」

楠木は言葉を継げなかった。妄想にしては詳細すぎる。

妄想ではないとでも？

万が一、妄想でなければ——。

向井は、どこからその話を聞いたのか。

七

新潟空港。

到着ゲートを出た楠木とノノミは、空港直結のレンタカー店で車を借りて出発した。

空港から続く、長い直線道路を走っていく。

目的地は、向井の出身地である新発田市。

「新発田市の近くには、新潟東港があるみたいですね」

しばらく走ったところで、助手席のノノミが言った。

港と聞いて楠木はあたりを見回したが、牧歌的な田畑が続いているだけだった。

「地図によると、もう少し先みたいです」

ノノミが言ったところで田んぼが途切れ、コンテナがずらりと並ぶ風景が出現した。貨物船に載せるものだろう。間近で見ると凄《すさ》まじい大きさだ。それが三段積みにされ、視界いっぱいに広がっている。

「すごい」

「ですね」

ノノミが窓を開けると、潮の匂《にお》いが入ってきた。

「新潟港は日本海側で唯一、中核国際港湾に指定されているそうです。中国、韓国、ロシアへの国際航路を持つ港、だそうです」

スマホを見ながら、ノノミはショートボブの髪をなびかせて言った。

空港から車で一時間足らず。

新発田市中央町《ちゅうおう》。かつて向井の実家があった場所に到着した。あたりは昔ながらの日本家屋の一軒家が多い。その中で向井の実家である赤いレンガ塀で囲まれた洋風の建物は、少々浮いて見えた。そして周りと比べて余裕のある敷地。貿易商をしていたという父親が当時、成功していたのは間違いないだろう。

路肩に車を停《と》めた楠木は、フリーランスライターの偽名刺と、大阪国際空港で買った菓子折りを出した。

「始めましょう」

ノノミと近隣の家に聞き込みを始めた。


「あの子が？　あの事件の？」

菓子折りと名刺を手に、五十代くらいの女性は驚いた顔を見せた。

女性はしばらく記憶をたどるような顔をしていた。そしてやっと向井の顔が合致したようだった。あの子がねえと、意味ありげに頷いている。

「どんなお子さんだったんですか」

「お父さんと違って小柄でね。いつもにらみつけるような感じで、やっぱり挨拶できない子でしたよね。突然いなくなって、ロシア人に監禁されたって噂もありましたけど、どうだったのか」

「え？　監禁ですか」

「ええ。まあ噂ですよ」

「なんでそんな噂が。なにかあったんですか」

「あそこのお父さんがいろいろとねえ」

「悪い噂が？」

女性は含み顔で頷いた。

「恰好《かっこう》からしてちょっと、成金《なりきん》みたいな人でね。派手な家が建ったと思ったら、あの家族が引っ越してきて。奥さんも含めて、ご近所に一言の挨拶もないんですよ。それで私たちも心配してたんです。そしたら案の定ですよ。ロシアのあっち系の人と付き合いがあるらしいってね」

「マフィアのことですか」

「ええ、ええ。そうです」

「お父さんは泥酔しての凍死だったと聞きましたが」

「そうそうそう。あれも本当は殺されたんでねかって」

女性は話がのってきたのか、方言まじりで言った。

「え？」

「噂ですよ。噂。みんなそう言うてたってだけです」

「どういう噂なんです？」

「ロシアンマフィアっていうんですかね。ここは東港が近いんで、けっこういるんですよ。それとトラブルになったらしゅうて。細かいことはわからんですけど、それが原因で息子さんが拉致されたんじゃないかって」

「拉致……」

「近所の人が、ロシア人が運転する車に乗せられている息子さんを見たって。櫛形山《くしがたやま》に向かったたって」

「その櫛形山には、なにかあるんですか」

「大天城《おおてんじょう》公園っていうところがあって、そこから登ったところに洋館があるんですよ。当時、ロシア人やらヤクザが出入りしてたったんですよ。だからそこに監禁されたんじゃないかって」

「向井始は、息子さんは戻ってきたんですか」

女性は首を横に振った。

「息子さんがいなくなって少したったくらいに、奥さんが肺炎で亡くなって。それからしばらくして今度はお父さんがって。酔っぱらって凍死なんて、誰も信じてはいませんでしたよ」

「息子さんは、それから行方知れずですか」

「ここには戻ってきてないですね」

「そのまま家は売られてしまったと」

「ええ。長いこと売れてなかったですけど、近くの寺の住職さんが買い取って。庭のほうは、墓地にするからって工事してますよ」

「多分、あれですね」

暮れかけてきた陽の中、楠木は車のウィンドウ越しに見つめて言った。

櫛形山にある大天城公園から、五分ほど走ったところに洋館はあった。十軒ほどの集落の手前、ほかの民家からかなり離れた場所に建っている。

近場に車を停め、車から降りた楠木は身震いした。東京や神戸と違って冷え込みがきつい。

肩を縮めながらノノミと坂道を下り、洋館の前に立った。

正門は閉じられており、鉄柵《てっさく》には雑草が巻きついている。かなり奥まったところ、木々に隠れるように建物の一部が見えた。黒ずんだ外壁に割れた窓。今は廃墟《はいきょ》となっているようだ。

「あそこからなら、入れそうです」

ノノミが指さした先、鉄柵が無理やり広げられ、人が入れるくらいの隙間が空いていた。

「こらぁ」突然、背後から声がした。

「そこに幽霊なんていねえ。入るんでねえ」

振り返ると、野良着姿の老人がこちらを睨《にら》んでいた。

「あの」

「帰れ。次、見たら警察呼ぶすけな」

取りつく島もなく、老人は行ってしまった。

立ち尽くしていると、坂を上がってくる小学五、六年生くらいの男の子の姿が見えた。

ノノミが声をかける。

「ごめんなさい。ちょっと聞いてもいいかな」

警戒した顔をしながらも、男の子は頷いた。

「あの屋敷を見てたら、おじいちゃんに怒られたんだけど。あそこってなにかあるの？」

「お姉ちゃんたち、あの幽霊屋敷を見に来たんじゃないの？」

「あれって幽霊屋敷なの?」

「知らないの? けっこう有名だよ。でも夜中にお兄さんたちが来て騒いだりするから、ここらの人は怒ってるんだよ」

「えー、ほんとに幽霊なんているの?」

ノノミが冗談めかして言った。

「僕、入ったことあるけど? 幽霊は見れなかったけどね」

男の子は少し自慢げな顔で言った。

「すごい。中はどんな感じ?」

「びっくりするよ。人形があったり、檻《おり》まであるんだ。本当に怖いよ」

「檻? 檻なんてあるの?」

「うん。でもやめといたほうがいいよ。見つかったら、本当に警察呼ばれちゃうから」

やりとりを聞きながら、楠木は寒空を見上げた。

もう半時もしないうちに、陽が落ちきりそうだった。

八

新発田の市街地まで戻ってきた楠木たちは、ホテルを探した。

近場に一軒だけあったビジネスホテルで各々部屋をとり、食事に出た。

目の前にあった居酒屋に入り、一品料理を適当に頼む。

食事もそこそこに、スマホをいじっていたノノミが言った。

「確かに心霊スポットとして、あの洋館が出てきますね」

「あの子が言っていた檻は？」

「ええ、檻があると書かれています」

ノノミが画面を見せる。暗くてよくわからないが、確かに檻らしきものが写っていた。

「暴力団の秘密のアジトだったって。あそこで人を檻に入れて、拷問や殺人が行われていたそうです。だからあそこには、地縛霊《じばくれい》が漂っているって」

「秘密のアジトに地縛霊？」

思わず苦笑した楠木だったが、すぐに真顔になった。

「でも、当たらずとも遠からず……かもしれませんね」

楠木はスマホを手に取り、電話をかけた。

「圭太？　悪いけど追加で頼めるか」

探偵社の圭太に洋館の住所を伝えた。

「現在の所有者、以前はなにに使われていたのか。あとは噂話でもいいから、ある程度確度のある情報を引っ張れたら頼む。まずは簡易版でいいから。できたら明日の昼くらいまでにもらえるか」

電話を切った楠木はノノミに言った。

「明日、明るいうちに入ってみましょう」

食事を終えた楠木たちは、バーに流れていた。

そこで楠木は、妻の恵について話した。恵が会社を経営していたこと、向井と同じくギリシア美術に興味があったらしいこと。そのどちらも楠木は知らなかったことを。

「……夫婦も恋人も、本当のところはわからないものなんですかね」

ノノミは、ため息まじりに感想を述べた。

酒も進み、会話もなくなったころ。

楠木は、靄《もや》がかりつつある意識の中で考えていた。

なにか繋がりそうな予感はある。だが予感だけで、今のところなにもわからない。

最初に立ち返るべきか。

スマホを取り出した楠木は、イヤフォンをつけ、報道当時の動画を見返し始めた。

もう何度目かわからない、恵が首を掻《か》き切られるシーン。見るたびに心が削れていた感覚も、少しずつ水気を失い麻痺《まひ》しつつあった。

報道の最初から再生していく。

マンションのベランダが映っている。まだ誰も外に出ていない。カメラが窓越しに室内を映し出していた。かろうじて人の姿が見え、なにか言い争っていることがわかる。

これから向井と盾にされた恵が、ベランダに出てくる。

そう考えたところで、楠木はふと浮かんだ疑問に目を細めた。

なぜだろう。この時点で向井と恵は、ベランダに出ていない。

にもかかわらず、なぜ報道カメラは回っているのだろうか。

トラブルに気づいた近隣の住人が連絡したのか。だが、あの時点では警察も来ていない。警察に連絡もせず、報道局にだけ連絡したのだろうか。そんなことをするだろうか。

動画は進み、ベランダから向井と盾にされた恵が出てくる。

向井が顔を巡らせる。

そしてカメラと目を合わせ、叫ぶ。

オリンピアのニケ、と。

こうやって見てみると、向井はカメラを探してからオリンピアのニケと言ったように見えた。偶然見つけたという感じはしなかった。

偶然ではなかった？　知っていた？

まさか向井は、カメラの存在をわかっていたのだろうか。

だとすれば、あの報道陣を呼んだのは向井自身？

だが、なんのために？

動画に中指を立てる向井の姿が流れる。よく見ると、その指はせわしなく動いていた。単に目立つように揺らしているのとも違う気がした。

これは挑発ではない？　だとすれば、これは——手話？

手話だとすれば。

向井は、誰かにメッセージを伝えていた？

「ノノミさん」

「あ、はい」

ぼんやりと、サングリアを飲んでいたノノミは顔を上げた。

「彼は手話を使えました？」

「手話？」

楠木は手を動かし、手話の真似事《まねごと》をしてみせた。

「ああ。いえ、使えないと思いますけど」

「またあの動画で申し訳ないんですが、見てくれませんか」

「……ええ」

間があったが、ノノミは頷いた。

楠木は、向井が中指を立てたシーンで止めて、スマホを渡した。

「ここからです」

動画を確認したノノミは言った。

「これ、手話じゃないと思います。手話ってこんな動きじゃなかったと」

言われてみれば、違う気もした。

スマホを返してもらい顔を上げると、ノノミが難しい顔をしていた。

「どうかしました？」

「ん……」

ノノミが声を漏らす。

「この動き、なにかで見た記憶が……」

目を細めるノノミを、楠木はじっと待った。

だが、首を横に振った。

「……ごめんなさい。思い出せない」

「わかりました。思い出せたら頼みます」

九

翌朝、再び楠木たちは洋館を訪れた。

集落から離れた場所に車を停め、歩いて向かう。近隣の住人がいないことを確認し、昨日見つけた鉄柵の隙間から入り込んだ。

木々に覆われた小道を二十メートルほど進んだ先、洋館が全貌を現した。

左右に広がる平屋の白亜の洋館。壁面はもれなく黒ずみ始めているが、廃墟になった今も、豪邸の残り香があった。

玄関には、見上げるほどの高さがある木製ドアが二面。しかし木板が打ちつけられており、玄関から入ることは難しそうだ。外周を回っていくと、勝手口が開いているのが見えた。

中へ入ると、白い床と壁が印象的な大広間に出た。外壁ほど劣化してはいないが、独特な臭《にお》いが鼻をつく。しっとりとした苔《こけ》、あるいは濡《ぬ》れた土のような臭い。

入った者が荒らしたのだろう。調度品が倒されて散乱し、窓ガラスのいくつかは割れている。それでも間取りが広く余裕があるため、歩き回るのは苦ではなかった。

「ノノミさん。分かれて探しましょう。向井くんに繋がるなにかがあるかもしれません。ノノミさん？」

圧倒されるように、ノノミは室内を見つめていた。

「あ、はい。わかりました。私、奥を見てみます」

その場に残った楠木は、大広間にゆっくりと顔を巡らせた。天井が高く、採光窓も多く明るい。白い床と壁は一面の大理石。かなりの豪邸だったようだ。

と、楠木は壁の一点に視線を留めた。近づいて確認すると、穴が開いていた。不自然なほど深い。

「楠木さん」

奥の部屋から、ノノミの声がした。

「ちょっといいですか」

楠木が奥の部屋に入ると、ノノミの前にそれはあった。

「これが檻じゃないですか」

ペットケージのようだった。

「本当にあったんですね。さすがに人は立てないですね。大きな犬でも飼ってたんでしょうか」

広さは十五畳くらいか。大広間と比べると、かなり狭い。確かにペット用の部屋だったのかもしれない。

出窓が三つ。近寄ってみたが、木々に塞《ふさ》がれて外はなにも見えなかった。

窓枠に視線を落としたところで、楠木はあることに気づいた。

ほかの窓も確認していく。すべての窓が同じだった。入ってきたドアも確認する。

「楠木さん？　なにしてるんです？」

振り返った楠木は言った。

「ここは……犬小屋じゃないようです。本当に監禁部屋だったのかもしれません」

「え？　拷問していた噂が本当だって言うんですか」

楠木は窓を指さした。

「窓にはすべて、南京錠《なんきんじょう》がかけられるようになっているんです。そしてこのドアは、内側からは鍵《かぎ》がかけられず、外側からだけ鍵がかけられる」

ノノミも、窓とドアを確認する。

「それなら、この檻は——」

「犬用なら、こんな鍵は要りません」

「楠木さんは、……向井くんがここに入れられていたと？」

「……可能性はあると思います」

ノノミは黙り、檻の柵《さく》をぎゅっと摑んだ。

ヤクザとマフィア。向井の拉致。不穏なものが実体を帯びてきていた。

ペットケージには高さがない。向井が入れられていたとすれば、檻の中で立ち上がることはできなかった。どれくらいの間、入れられていたのかはわからないが、本当にここにいたのなら、かなりきつい日々だったはずだった。

「大広間を調べてきます」

ノノミを残して大広間に戻った楠木は、さっきの壁の穴を確認しなおした。

穴はいくつもあった。ドリルかなにかで乱雑に開けたような穴だった。幽霊屋敷と思って入ってくる人間が、わざわざドリルを持ってくるとは思えない。元々あったものだろう。用意してきたフラッシュライトをかざし、穴の奥に光をあてる。

似たようなものを見たことがあった。用心棒まがいの仕事をしていたときだ。クラブで酔っぱらった若いヤクザが、脅しかなにかで壁に一発撃ってしまったと連絡が入った。警察沙汰《ざた》にする気はないので、弾丸を取り出して処分してくれとのことだった。あの時、楠木はラジオペンチを使って壁に埋まった弾丸を抜き出した。その抜き出したあとの壁の穴の感じとよく似ていた。あのクラブも大理石の壁だった。

楠木は穴から離れ、あたりを見回した。よく見ると似たような穴が、いたるところにあった。振り返ると反対側の壁にも無数の穴。両端に集中している。まるでここで抗争でもあり、撃ち合ったかのようだった。

そこに電話が鳴った。探偵社の圭太だった。

「啓蔵さん？　簡単ですが、情報とりましたよ」

「助かる」

「まず、洋館の所有者ですけど、三十年以上前に亡くなっています。かなりの資産家だったみたいですけど、脱税で逮捕されて公判中に死亡。以降は所有者不明土地になっていますね。簡単に言うと、今は誰の土地かわからなくなっていて、誰かが買いたいと思っても買えない土地って感じです」

「それで廃墟化したのか」

「多分そうです。でも廃墟化する前に暴力団が使用していたのは、本当らしいです。所有者不明土地を利用して、勝手に使っていたのかもしれないです」

「ロシアンマフィアの関わりの噂は？」

「ありました。ロシアンマフィアが、洋館をなにに使っていたのかまではわかりませんが。もっと調べます？」

「ああ、頼むよ」

「わかりました。まかせてください」

電話を切ると、ノノミが来て言った。

「探偵社ですか」

楠木は頷き、確認できたことを話した。

「もしかしたら、ここで抗争があったのかもしれません」

壁に残る穴について説明した。

現実感が薄れるような話だったが、ノノミは頷いて言った。

「もう驚くのも疲れました。楠木さん、ここには地下もあるみたいです」

ノノミの後をついていくと、檻のある部屋の近くに階段があった。

臙脂《えんじ》色のカーペットが敷かれた階段を、楠木とノノミは下りていく。

下りた先には観音開きの大きなドア。半壊しており、隙間から入れそうだ。

山の傾斜に建てられているため、地下室というより半地下といった感じだった。天井近くには小窓が並んでいた。だが、そのすべてが木板で塞がれ、中は暗闇《くらやみ》になっている。

フラッシュライトを点《つ》けて室内に入る。一階の大広間ほどではないが、かなり奥行きがある。

奥へと進んだ。

進むほど、苔むした土の臭いが強くなっていく。

楠木は、びくりとして足を止めた。

奥に人が倒れている、そう見えたからだ。

小さく息を吐き、言った。

「……これが人形か」

等身大の彫刻だった。十体ほどあるが、ことごとく倒されている。一体のそばで膝《ひざ》をつき、確認する。

「つくりかけみたいですね」

どの彫刻も身体半分や顔だけ、顔と胸元だけというように完成していなかった。

「ここで彫っていた人がいたのかもしれません。でも」

ノノミは彫刻をじっと見つめた。

「それなりに腕があった人のようですが、息抜きで作ったもののような感じがします。近代彫刻もあるけど、ほとんどはギリシア彫刻の習作という感じですね」

またギリシア。この彫刻は、誰がなんのために彫ったのか。

「それにしても……。なんでここだけ窓が塞いであるんでしょうか」

天井近くの高窓にスマホの光をあてながら、ノノミが言った。

確かに、この半地下だけは窓が板張りされて一切の光が入ってこない。見られるわけにはいかないことでもしていたのだろうか。

「あっ」

つぶやきと共に、ノノミのスマホの光が部屋の端にある棚で止まった。

「あそこ、ライトあててください」

楠木がフラッシュライトをあてる。

「棚の上です。あれ、本じゃないですか」

フラッシュライトの角度を変えながら見ると、本の背表紙らしきものが見えた。

楠木は背伸びをして片手を伸ばし、本を取った。

「上に戻りましょう」


一階の大広間に戻り確認する。

本のタイトルは『数の文化と生活』。

「これは……」

本には奇妙な痕跡《こんせき》があった。中央あたりに穴が開いている。その周りには焦《こ》げ跡。穴は裏表紙にまで到達していた。

「弾痕かもしれません」

　楠木は言った。だとすれば弾丸の熱で、樹脂素材の表紙カバーが溶けたのだろう。カバーの表も裏も接着したように貼《は》りついていた。

ぱらぱらとページをめくり楠木は言った。

「弾は残ってないですね」

「貫通したんですか」

「いや、裏まで到達していますが、裏表紙の穴の大きさからすると、貫通はしてないようです。これも壁の弾と同じく、回収されたんだと思います」

「本だけ残された？」

「不自然な気がしますが、そういうことになりますね」

「それで、なんの本なんですか」

ノノミに言われ、楠木はページをめくった。穴が開いているが概要はわかる。数字の文化や歴史を語っている内容だった。

「あっ、あれ？」

ノノミが声をあげた。

「楠木さん、ちょっと貸してください」

本を受け取ったノノミは、ページをめくり言った。

「やっぱり。これ……私、知ってます」

開いたページには、〝ローマンフィンガーカウンティング〟と記されていた。

「古代ローマの話をしているときに、向井くんが教えてくれたことがあるんです」

「なにをです？」

「当時は片手だけで九十九まで数えることができたって。その時も指をいろいろ動かして……」

ノノミは「あ」と思い当たったように言った。

「向井くんが中指を立てていたのって――」

楠木は本を受け取り、確認した。

ローマンフィンガーカウンティング。指の曲げ方を変えることによって、片手で一から九十九まで表現することができるフィンガーサインの一種と説明されていた。数え方の詳細まで記載されている。

印象に残っている向井の中指を立てた姿。あれがローマンフィンガーカウンティングだとすれば、18、38、68あたりが該当するようだ。

「ノノミさん。その仮定で、調べてみましょう」

楠木とノノミは、その場に座り込んだ。

それぞれスマホで事件動画を再生し、向井の手が示した数字の照合を試みた。

それから三十分。

フィンガーサインは、大きく二つに分かれていた。間の取り方からすると、さらに半分ずつに分かれており、全部で四つのまとまりになっていた。

「14245３　1338224668
14328６　1368658168」

口に出してみた楠木は、ノノミと目を合わせた。

互いに眉間《みけん》に皺《しわ》を寄せる。

「法則性があるように見えなくもないですが、私には予想がつきません。ノノミさん、なにか思い当たることは？」

「……わかりません」

ノノミも首を横に振った。


車に戻り、ハンドルを握ったところで「楠木さん」とノノミが言った。

離しかけたブレーキを戻して顔を向けると、黒く濡れた瞳がこちらを見ていた。

「どうしました？」

「向井くんは――、ここで監禁されていたのかもしれません。彼には私に知られたくなかった一面があった。そう思います。それでも……私は向井くんの真実を知りたいと思っています」

ノノミは思いつめた顔で続けた。

「昨日、奥さんについて話してくれましたよね。楠木さんの言う通り、私も楠木さんの奥さんと向井くんの間には、なんらかの繋がりがあったんだと思います。向井くんのことで思い出せることがあれば、すべて話します。楠木さんも、なにか思い出せることはありませんか。私たちはすべてを出し切らなければ、真実に近づけない気がするんです」

「ええ、わかっています」

楠木はうつむいた。

「ですが……すみません。私は妻の本当のところを、なにも知らないんです。自分でも嫌になるほどなにも――」

知っていたのは、恵には闇があったということだけ。

恵が完全に意識を失う直前、吐き出した言葉を思い出す。

――なんでわたしは、――あなたを選んでしまったの。

心から後悔した恵の顔。

今となっては、恵が楠木と暮らしていた理由さえわからなくなっていた。

自分が知る恵は、自分の中にのみ存在する空想の恵だったのではないか。楠木はそんな気さえしていた。

十

夜も更けたビジネスホテルの九階、シングルルームの窓際。

楠木は館内の自販機で買った缶ビールを片手に見下ろしていた。

足元には漆黒の水田が延々と広がり、その先で小さく光が瞬いている。

新潟東港だ。目を凝《こ》らせば、赤と白の巨大なクレーンが見える。微かにたなびく煙は、火力発電所だろうか。

洋館から戻ってきた楠木たちは、昨日と同じホテルに連泊していた。洋館を使用していた暴力団について、圭太からの調査結果を待つ。それを起点に聞き込みを始め、当時の状況と向井の情報を追っていくつもりだった。

ナイトテーブルのスマホが震え、楠木は手に取った。

「啓蔵さん？　情報そろってきたんで、とりいそぎ電話しました」

圭太だった。

「ああ、ありがとう。本当に悪いな」

「なに言ってるんです」

圭太は怒ったように言って続けた。

「まず洋館を使っていたのは、指定暴力団の『五代目九谷組《くたに》』でした。構成員数は約七十名。新潟を拠点とする、薬物売買と不正輸出を主な収入源としている独立系の暴力団です」

「いつまであそこを使ってた？」

「五年ほど前まで。以降は出入りがなくなったみたいですね」

「ロシアンマフィアのほうは？」

「それがですね。世界的に有名なマフィアみたいです。国際的に活動してて、世界の反社会組織の中でも指折りの利益を出してるって。名前は『チェルタノヴォ・ブラトヴァ』、知ってます？」

「いや」

「ですよね。俺も初めて知りました。チェルタノヴォ・ブラトヴァは、モスクワ南部が発祥とされ、その地名から組織名がついたとされているそうです。ロシアの広範囲に及ぶ非合法組織を緩やかに統率して出来上がっている組織らしいです。あんまり実感わかないですけど」

「そんなのが新潟の洋館に？　本当なのか」

「確度は高いです。とはいっても、ブラトヴァの日本でのビジネスはごく一部みたいですね。緩やかな統率って言われているくらいなんで、組織の一部が独自にやっていた可能性は高いと思います」

楠木が黙考する中、話が続く。

「ただブラトヴァの中枢はヤバいですよ。創始者は合法ビジネスにも携わり、ロシアの政治にも深く食い込んでいるそうです。でもさっき言った通り、日本でのビジネスはごく一部のもので大した規模じゃなくて、新潟東港で盗難車などの不正輸出に関わっているくらいみたいです」

「あの洋館は、盗難車関連で隠れ家として使っていたのか？」

「すいません。そこまではわからないです」

神戸の博物館でこちらを見ていた金髪の白人。ロシア系の顔立ちに見えた。もしかするとあの男は、チェルタノヴォ・ブラトヴァの関係者だったのだろうか。

あたるとすれば、九谷組という暴力団のほうからか。

「啓蔵さん。九谷組から足を洗った人間で、てっとり早く所在がわかった男がいます。足を洗ったのが五年前。洋館を引き払った時期と一致してます」

楠木は笑った。

「ほんと成長したよな。仕事ミスって泣きべそかいていたのが嘘みたいだ」

「今それ言います？」

圭太のふてくされた声が聞こえた。

「感慨深いって言ってるんだよ」

「まぁいいです。それより啓蔵さん。ここからは堅気じゃないです。ボクサーといっても、遠い昔の話ですからね」

「わかってるよ」

「それと奥さんの卒業アルバムと両親の情報も、そろそろ手に入りそうです。届いたらメールで送りますから」

「悪いな。頼むよ」

十一

翌日、楠木たちは新発田市を離れ、レンタカーで新潟県内を南西へ向かっていた。

昼過ぎ、目的地近くの新潟大学周辺に到着した。

ドラッグストアの案内看板にしたがい車を入れる。

楠木は車内から、大型ドラッグストアに併設された小さな弁当屋を見つめた。

店内カウンターには、中年の女性店員の姿が見える。その奥の厨房《ちゅうぼう》に中年男性。

涌井久正《わくいひさただ》。九谷組元組員。四十歳で足を洗い、ラーメン屋を開くが失敗。今はこの弁当屋でアルバイトをしている。

車から降りた楠木は、弁当屋へ向かった。

ノノミはいない。元ヤクザの男に話を聞きに行くと伝えたとき、ノノミに一瞬の躊躇《ちゅうちょ》が見えた。考えてみれば当たり前の反応だ。彼女にリスクを冒させる意味はない。ひとりで行くと伝えると、しばし思案したノノミは言った。

「万が一を考えて、私は少し離れたところから見ています。彼らが向井くんと、どう関わっているかわかりません。私の存在も含め、不必要な情報は渡さないようにしたほうがいいと思います」

ノノミは弁当屋の手前で降ろした。今は離れた場所から見ているはずだ。


「ほんとにそれ、くれるんですか？」

助手席に乗った涌井は、楠木の手にある二十万の束《たば》を見つめながら言った。

「ああ、向井と洋館のことを教えてくれればな。あんたから聞いたと言うこともない」

涌井が卑屈な笑いを見せる。前歯がほとんどない。なにがあったのか、元暴力団とは思えないほど低姿勢だった。

店頭で涌井を呼び出した楠木は、向井の関係者でゴトウと偽名を名乗っていた。警察ではないと告げ、金を見せて車に誘うと素直についてきた。

二十万のうち十万を手渡した。涌井はカサついた手でポケットに金を押し込むと言った。

「でも、きっと信じないですよ」

「いいから話してくれ」

圭太の予想は当たりだった。涌井は組員だった当時、洋館に出入りをしていたという。

「俺はあの洋館で、管理補佐をしてました」

「管理って盗難車の？」

「違います」

「じゃあ、なにを」

「盗んだ美術品です」

「美術品？」

背中がざわついた。

「洋館にロシアンマフィアが関わっていたのは知ってます？」

「チェルタノヴォ・ブラトヴァか？」

「それなら話は早い。洋館はブラトヴァの盗難美術品の保管所だったんです」

「盗むってどこから？」

「世界中です」

「なんであんなところに……」

意味がわからなかった。

「世界中で盗んだ美術品を、わざわざ新潟まで持ってきて、あの洋館に隠していたというのか」

「隠すためじゃないです」

「じゃあ、なんのために？」

「贋作です。贋作をつくるんです」

洋館にあったつくりかけの彫刻を思い出した。

「洋館には贋作をつくる彫刻師がいたんです。凄腕《すごうで》だったって」

「ブラトヴァは、盗んだ美術品の贋作をつくって売っていたと？」

「俺もよくは知りません。多分、そういうことだと」

「九谷組はブラトヴァと組んでいたのか」

「組んでいたというより、体よく使われていたんです。作業場の提供と管理。あとはトラブル対応が仕事でした」

「監禁されていた人間がいただろ？」

涌井は頷いた。楠木は向井始の写真をスマホで見せた。

「この男か」

「そうです。探しているんですか」

向井の関係者と言ったからだろう。東京の事件とは結びついていないようだった。

「そうじゃない。なんで監禁されていた？」

「こいつの親父《おやじ》がブラトヴァと問題を起こしたって。細かいことは知りません」

楠木は視線を落とした。思考を巡らせ、訊ねた。

「……オリンピアのニケを知っているか」

涌井は返答しなかった。

「知っているのか。どうなんだ？」

返答の代わりに、涌井の表情がみるみる青ざめていくのがわかった。

「どうした？」

「――トチ狂ったあの女が」

吐き出すように言った。

「あの女？　なんの話だ？」

突然、涌井は楠木の肩を摑むと、喰《く》ってかかるように叫んだ。

「知らない！　あの日、俺はいなかった。本当だ」

挙動があきらかにおかしかった。

「あの女って誰だ？」

肩の手を振り払って楠木は訊ねた。

首を大きく左右に振り、涌井は泣き顔で言った。

「もう歯にドリルだけは……」

歪《ゆが》んだ口の中に、歪《いびつ》な形で失われている前歯の残りが見えた。

「俺じゃない。あの女だ。あいつがニケを盗みやがった。ブラトヴァのものを」

「オリンピアのニケのことか？　あれが洋館にはあったのか？」

「ある。ある。あったよ」

「盗んだのは誰だ？」

「だからオノガミだ。オノガミカナコだ」

「それは誰だ？」

今度は楠木が涌井の肩を摑んだ。涌井は、ひゅぅと妙な呼吸音をさせて身をよじった。

「やめてくれ。もうやめてくれ。ここいらのやつなら誰でも知っている」

「誰だと聞いている」

視線が合わない。泣き顔でぱくぱくと魚のように口を動かし、顎先が上下する。

「かんべん、勘弁してください。あの女も、ブラトヴァも。俺より詳しいやつはいっぱいいる」

「お前に聞いているんだ」

呼吸が荒い。涌井は口からよだれを流し、顎先を震えさせていた。

フラッシュバックが起きているようだった。

楠木は質問を止めた。そして涌井が十分に落ち着くのを待ってから言った。

「もっと詳しいやつに話を聞く。いるんだよな？」

涌井に迷いが生じるのがわかった。

「教えてくれれば、これもお前のものだ」

涌井は胸元に叩きつけられた十万を見つめ、浅い呼吸をしながら言った。

「な、名前だけなら」


弁当屋から車を出した楠木は、百メートルほど進んだところでノノミを拾った。

「どうでした？」

助手席に乗ったノノミに涌井の話を伝え、楠木は訊ねた。

「彼から、オノガミカナコという名前を聞いたことはありますか」

「ないです」

「イブスキという男の名はどうです？」

ノノミは首を横に振った。

涌井の話では、九谷組の元幹部でイブスキという男が洋館の管理者だったという。涌井と同じく足を洗っているらしい。問い詰めると、住んでいるところも知っていた。

「検索してみます」

ノノミがスマホを取り出した。

「イブスキって下の名前はわからないですか」

「覚えていなかったです」

「ちょっと出てこないですね」

「オノガミカナコのほうはどうです」

しばらく検索を続け、ノノミは言った。

「新潟とオノガミカナコで出てきました」

「なにをやっている人間なんです」

「この人だとすれば、新潟では有名な元財閥の一族の末女みたいです」

「財閥？」

「ええ、顔写真も出てますよ」

一瞬、目をやってスマホの画面を確認する。

若く自信に満ちた表情の女性が、目に入った。

「私は知らないですが、楠木さんはどうですか」

「いえ――」

否定しかけたところで楠木は急ブレーキをかけた。路肩に車を停める。

「どうしたんです？」

驚いた顔でノノミが言った。

「もう一度……いいですか」

スマホを受け取り、凝視する。

そこには小野上《おのがみ》カナコと紹介された女性の写真があった。

「楠木さん？」

楠木は応えなかった。

小野上カナコは、くっきりとした二重の目をした聡明《そうめい》そうな女性だった。

そうだ。違う。

はっきりとした化粧が違う。自信に満ちた表情が違う。ハイブランドで固めたファッションが違う。なにもかもが。

だが――。

楠木には、わかってしまった。

ずっと一緒に暮らしてきた。メイクや服装が違っていてもわかる。あきらかに違うのは二重の目元だけ。それ以外の小野上カナコの顔立ちは――、恵そのものだった。

「楠木さん。どうし――」

楠木は手で制した。

なにも聞きたくなかった。そしてなにも言いたくなかった。

反射的に自分のスマホを手に取る。圭太に調査を依頼しようとしていた。小野上カナコが、恵ではないという情報が欲しかった。

手にしたスマホには、着信メールが表示されていた。

圭太からのメール。件名は『奥さんの卒業写真です』とあった。

そうだ。これをみればわかる。

焦りに指先を震わせながらメールを開いた。添付された画像データが表示される。

楠木は言葉を失った。

表示された恵の卒業写真。

そこには見たこともない女性が写っていた。

恵とは似ても似つかない女性が、恵の名前の上で微笑している。

頭上を仰いだ楠木は、灰色のルーフパネルを見つめながら笑った。

恵は、恵は戸籍さえも偽っていた。

「楠木さん？」

心配げな顔でこちらを見つめているノノミに言った。

「……私の妻は、小野上カナコです」

それだけ口にした。

「はい？」

言っている意味がわからないようだった。実際のところ、楠木も理解できていない。

「すみません。この話は――。今は無理です」

ノノミの困惑した顔を横に、楠木は車を発進させた。

十二

沈み始めた太陽。

九階のシングルルームに、真横から赤暗い陽が差し込んでいる。

新発田市のホテルに戻った楠木は、ウィスキーボトルの半分以上を開けていた。

空にしたグラスに再びウィスキーを注ぎ、一口含むとパソコンに目を移す。

ぼんやりと見つめる画面には、検索した小野上カナコの情報が表示されていた。

小野上家は、新潟東港の近代化に寄与した、地元では有名な元財閥だった。現在は小野上臨《りん》港《こう》株式会社という名の同族会社を経営している。

カナコは、その一族の長であり経営責任者でもある小野上清太郎《せいたろう》の末女だった。大学時代から経営に参加し、一族でも父親に次ぐビジネスパーソンとされ、事業拡大に貢献してきたという。

一例として、多角経営で始めたレンズ豆の生産と販売。店舗展開からマーケティングまでを一括プロデュースし、ちょっとしたブームを作ったという。またアクアリウムのリース事業でも、高級路線を打ち出して成功させたとあった。同時に古代美術品《エンシェントアート》、特に古代ギリシアの美術品に深い造詣《ぞうけい》があり、コレクターとしても知られた存在だったと説明されていた。

アクアリウム事業に、古代ギリシア美術への深い造詣。

楠木は記事を読みながら、再びグラスに手を伸ばした。調べれば調べるほど、外堀が埋められていく。小野上カナコが恵であることを否定する材料が、根こそぎ剝《は》がされていった。

あの恵が？

楠木は乾いた笑い声をあげた。おかしくなってしまいそうだった。

そして恵について考えるのをやめた。

感情を捨て、小野上カナコの情報を集めることに専念する。

現在、小野上カナコは、小野上臨港株式会社の役員一覧から名が消えている。

九年前に起きたトラブルがきっかけで、経営者から転落したという。本業ではなく、アート業界でのトラブルだった。トラブルが起きる三年前、ギリシャで催されたグローバル展開する大規模画廊《メガギャラリー》主催のパーティーにて、小野上カナコがある人物と出会ったのが始まりだった。

世界的なファストファッションブランド『クオール』の夫婦経営者で、トップアートコレクターとしても有名なウォーレン夫妻。中でも、ギリシア、ローマ時代のアートコレクターとして著名だった妻のオリヴィア・ウォーレン。カナコとは同系コレクターとして話が合い、しだいに深い親交を持つようになった。二十歳年上のオリヴィアを、経営者としても尊敬していたカナコは、姉のように慕《した》っていたという。

だが、出会ってから三年後、カナコはオリヴィアの怒りを買うことになる。

理由は不明だが、その怒りは凄まじく、アート業界からカナコは完全に締め出された。業界に強い影響力を持つオリヴィアに忖度《そんたく》したメガギャラリーをはじめとした著名な画廊は、カナコを相手にしなくなったという。

その一件以降、小野上カナコの経営方針が激変する。担当する事業のすべてで、国際展開を強く推し進めたのだ。唐突で性急な事業拡大。すべりだしこそよかったものの、一年足らずで機能不全を起こしてしまう。結果、どの部門にも深刻な業績不振を招くことになる。人が変わったような経営方針に、ほかの幹部は戦略の見直しを幾度も提案したが、カナコは受け入れなかった。業績は悪化の一途をたどり、幹部だけでなく、ついには父親からの信頼も失うことになった。その後、経営の主軸から外され、最終的に役員名簿からも名前が消えてしまう。現在では近況を知ることさえもできなかった。

楠木はグラスにウィスキーを注ぎ、痺れた頭で考える。

世界的経営者であるオリヴィア・ウォーレンによるアート業界からの締め出し。小野上カナコはそれに抗《あらが》うために、急激な国際展開に固執したのだろうか。そしてつまずき、経営者の立場からも追われた？

だが、そこからがわからない。

なぜ、小野上カナコは東京で戸籍を変えて別人となったのか。

なぜ、小さなアクアリウムのリース会社を経営しながら、楠木との結婚生活を送っていたのか。

「あいつがニケを盗みやがった」

今日会った、元組員の涌井はそう言った。

恵が洋館にあったオリンピアのニケを？

洋館で一体、なにがあったのか――。

そこに、恵の闇の真実があるのだろうか。

なにもわからなかった。

「くそ」

楠木は長いため息を吐き、グラスに手を伸ばした。

十三

翌朝、楠木は待ち合わせたホテルのバイキングで、ノノミと朝食をとっていた。

ノノミにはあらためて、小野上カナコと恵が、同一人物である可能性が極めて高いことを説明した。

飲んだくれた一夜のおかげか、だいぶ落ち着いて話すことができた。

「そういうことだったんですか……」

ずっと気になっていたのだろう。詳細がわかり、ノノミはむしろ安堵した顔で頷いた。

「これから、どうするつもりですか」

鯛《たい》茶漬けをほぐしながら、ノノミが聞いた。

「洋館の管理者だったイブスキという男に会おうと思います。その前にイブスキの自宅の下見に行くつもりです」

ノノミは頷いた。

「下見なら私も行きます」

ルームキーをあずけ、ノノミとホテルを出たところだった。

スマホに電話がかかってきた。見知らぬ番号だった。

「はい」

「ゴトウさんですか」

低いが通る男の声。

ゴトウという偽名で電話番号を教えたのは、昨日会った涌井だけだった。

「そうですが」

警戒しながら楠木は答えた。

「私、イブスキと申します。昨日お会いになった涌井から話を聞きまして」

「ああ……」と答えながら、動揺が声に出ないように抑えた。イブスキ本人から連絡が来るとは予想していなかった。

「失礼ですが、向井さんの親族の方ですか」

「いえ、違います」

どう答えるべきか。迷っているとイブスキが重ねて訊ねた。

「じゃあ、記者の方?」

声音に拒絶感があった。

「違います」

逡巡《しゅんじゅん》しつつも楠木は肚を決めた。

「私は向井始の人質になった女性の夫です」

「……東京で起きた事件の？」

イブスキの声が、一歩引いたような感じがした。

「はい。楠木と言います。向井始の過去について調べています。ですが、過去の素行を暴《あば》きたいなどという目的ではありません。事件の真相と、私の中で生じた疑念を解消したいんです」

イブスキは、しばし沈黙した。

「楠木さん」

そう言うと、なにかを決したように続けた。

「あなたがどこまでご存じかはわかりませんが、私は向井くんと近しい関係でした。私もあの事件がずっと気になっていました。なぜ、あの向井くんが——。すいません、あなたに言うことではありませんね」

「いえ」

「それで、私にお聞きになりたいこととはなんですか」

「洋館で起きていたことです」

「なぜ、お知りになりたいんです」

「現時点では話しかねます」

「私の話で、あなたの疑念が晴れると？」

「可能性はあると思っています」

「……私は、洋館の管理責任者でした。あそこで起きたことは把握しています。すべてをお話しすることも、やぶさかではありません。ですが、話せば私にもリスクが生じる。リスクに見合ったものを提供してくださるおつもりはありますか」

「リスクに見合ったものとは？」

「あなたが調べていること、知っていることを教えていただきたい。疑念の一部でもいい。私は洋館での出来事からあとのことは知りません。私はあの夜、洋館ですべてを失いました。絶縁され、極道からも足を洗うことになった。いまだにその理由はわからないままです。私の中で、あの夜はまだ終わっていないんです」

「あの夜？」

「……詳しい話は会ってからがいいでしょう。どうですか、楠木さん。楠木さんの話も聞かせていただけますか。どこまで話すかは、あなたにおまかせします」

「わかりました。お会いしましょう」


「楠木さん、本当に気を付けてくださいよ」

車に乗りこんだ楠木に、ドア越しにノノミが言った。

「わかっています」

楠木は頷いてみせた。これからイブスキの自宅を訪ねる。

「いいですか。相手は元でもヤクザなんですからね」

気を揉《も》むように言うノノミに、楠木は答えた。

「今は堅気です。絶縁されたんですから。破門と違って絶縁なら、完全に関係は切れてるってことです。たとえ戻ろうと思っても戻れません」

「そういう世界にいた人だってことを、忘れないでってことです。渡す情報と渡さない情報を、慎重に決めてください」

「ええ。保険としてノノミさんの存在は伝えません。ほかの情報も慎重にやります」

なおも心配げな顔で見つめるノノミを残し、楠木は車を出した。

三章

一

新潟市中央区水道町《すいどう》。

イブスキの自宅は、新発田市から車で三十分ほどの場所にあった。

水道町に入ると風景が変わった。

広い一軒家が並び、ガレージの高級車が目に入ってくる。富裕層の多い地域のようだ。

楠木はゆっくりと車を停める。

到着したイブスキの家も、広くモダンな一軒家だった。組から絶縁されたと聞いたが、どういうことなのだろうか。涌井とのギャップが凄まじい。楠木は、イブスキを調べてもらうべきだったと後悔したが、今さら間に合わない。

イブスキに到着の連絡を入れると、ガレージの鉄柵が上がった。

車を乗り入れる。ガレージは四台駐車できる広さがあり、高級車が一台停まっていた。

門のベルを押すと、インターフォンから返答があった。

「お待ちしていました。今、開けます。すいませんが、そのまま玄関まで来て入っていただけますか」

リモートで門の扉がスライドしていく。門をくぐった楠木は、手入れされた庭の木々を横目に、石畳を通り抜けて玄関を開けた。

中でひとりの男が待っていた。

「初めまして。イブスキです」

わずかに禿《は》げ上がった額と、こけた頬を覆う濃いひげ。地味なカーディガンを着ていたが、深い皺を刻んだ鋭い目元が、ヤクザ者だったことを思わせた。だが場を緊張させる雰囲気はない。歳は四十代後半といったところか。

そして、顔立ち以上に目を引くものがあった。

イブスキは車いすに座っていた。

「出迎えもできず、すいません。お手伝いさんには、今日は帰ってもらったので。どうぞお入りください」

先導するイブスキの後をついていく。

応接室に入ると、車いすをぎこちなく回転させたイブスキは言った。

「涌井からお聞きになっていなかったようですね。私、足が動かないんですよ」

楠木が言葉を探していると、イブスキは言った。

「いや、極道をやっていたころから車いすだったわけじゃありません。あとでお話しすることになると思いますが、撃たれたんです」

楠木は洋館にあった、弾痕と思しき無数の穴を思い出した。

「どうぞ、お座りください」

楠木をソファに座らせると、不器用に車いすを操り対面に移動する。

高い天井と値の張りそうな調度品を見回している楠木に、イブスキは言った。

「足を洗ってから、東港の外国人相手に居酒屋を始めたんです。それが思いのほか、うまくいったんです」

楠木が曖昧に頷くと、イブスキは続けた。

「それで。洋館で起きたことをお知りになりたいとのことでしたが、具体的にはなにを？」

「オリンピアのニケです」

イブスキは小さく頷いた。涌井から聞いているのだろう。涌井と違って動揺はなかった。

「洋館で行われていたこと。向井始が監禁された経緯。九谷組、チェルタノヴォ・ブラトヴァ、小野上カナコの関わり。それと電話であなたが言った、あの夜の出来事。そもそも――」

疑問を羅列した楠木は訊ねた。

「あの洋館に、オリンピアのニケがあったというのは本当なんですか」

イブスキは皺の刻まれた目元を向け、楠木に言った。

「事実です」

「世界七不思議の？　実在すれば、とんでもない価値があると聞きました。本物が？」

イブスキは頷いた。

「ええ、Seven Wonders of the Worldのオリンピアのゼウス像。それと共にあったニケ像です。確かにあれは洋館にありました」

「お聞かせ願えますか」

「電話でもお伝えしましたが、私は九谷組から絶縁されています。今あなたが言った洋館での出来事、人物、組織。そのすべては、私が絶縁されるにいたった事件に関わっています。あの時、誰もがニケに取り憑かれていました。そしてあの夜が来た。理由はどうあれ、誰かが責任を取らねばならなかった。取るべきはもちろん、洋館の責任者だった私でした。約束通り、知っていることはお話しするつもりです」

「ありがとうございます。……始めてもいいですか」

「ええ」

「まず、小野上カナコについて。父親が経営する小野上臨港株式会社から名前が消えています。ネットでは『クオール』の経営者オリヴィア・ウォーレンとの確執をきっかけに、海外市場へ拙速な進出をして失敗。それが原因で経営から外されたとありました。この話は事実なんでしょうか」

「新潟の政財界では有名な話です。詳細は私もわかりませんが、概《おおむ》ね事実だと思います」

「小野上カナコはその後、どうやって洋館と関わるようになったんですか」

「それについては、小野上家、九谷組、チェルタノヴヴォ・ブラトヴァの関係からお話しする必要があります」

「お願いします」

イブスキは膝にかけたブランケットの上で手を組んだ。

「新潟港には、西港と東港があります。西港は国内外の旅客航路をはじめ、貨物、工業、漁業と多彩なものを取り扱っています。一方で東港は国際貨物、つまりコンテナ船に特化した港です。その東港を取り仕切っているのが小野上家、つまり小野上臨港株式会社なんです。

小野上家は歴史的に日本の暴力団をはじめ、ロシアンマフィア、コリアンマフィア、チャイニーズマフィアと、東港を利用する海外のあらゆる犯罪組織と繋がりを持ってきました。東港における影響力は極めて強く、九谷組は下請けの一組織にすぎません。チェルタノヴォ・ブラトヴァには、密輸ルートと日本での活動の足場を提供しています。時代の流れと共に、絶大だった小野上家の影響力も陰りを見せ始めていますが、それでも東港の主であることに今も変わりはありません」

「それで小野上カナコは、あの洋館の存在を知っていたと？」

「あくまでも推測ですが、最初は知らなかったと思います。彼女は正業の事業を拡大させ、ビジネス誌にも出ていました。父親もその手の話は、娘には伏せていたんじゃないかと思います。

ですが、度重なる海外展開事業の失策から、彼女は経営から遠ざけられました。趣味に没頭する人生もあったのでしょうが、美術品収集も封じられていた。オリヴィア・ウォーレンの意向により、メガギャラリーは総じて彼女を無視したそうですからね。八方塞《はっぽうふさ》がりだった彼女は、なにかできる事業をと探したのか、あるいは偶然なのか。きっかけはわかりませんが、小野上家の裏仕事と繋がっている洋館の存在を知ったのでしょう。それから頻繁に洋館を訪れるようになったのだと思います」

イブスキは視線を上げ、思い出すように続けた。

「正直言って、彼女の熱心さは度を越していました。語学が堪能だった彼女は、ブラトヴァの盗品管理者にロシア語で詳細をしつこいくらいに訊ねては、洋館で時間を忘れたように盗難アートを鑑賞するようになりました」

「ブラトヴァの盗難アートを使ったビジネスとは、どんなものなんですか。贋作をつくっていたと聞きましたが」

「楠木さんは、ビジネスアートの世界はご存じですか」

「いえ」

「それなら、そこからお話ししておいたほうがいいでしょう」

「ええ、お願いします」

「アート業界に流れる金には、いくつかの種類があります。将来、作品価値が上がると見込んでの投資。相場の変動を利用して利益を得ようとする短期的な投資。作家を育成して長期的な利益を見込む投資。そしてシンプルにトップアートコレクターと呼ばれる、富裕層の収集家が気に入って支払う金です」

楠木は頷いた。

「そしてダ・ヴィンチ、ピカソ、モディリアーニなどの有名な絵画。ジェフ・クーンズ、デイヴィッド・ホックニー、日本人なら奈良美智《ならよしとも》、村上隆《むらかみたかし》といった現代アート。目的はさまざまあれど、美術品に天井知らずの値がつけられる場がオークションです」

イブスキは含みのある顔で続けた。

「ですが、同じく天井知らずの価値がありながら、オークションには決して出ないアートがあります」

話の流れから思い当たるのはひとつだった。楠木はその顔に言った。

「それが盗難アートということですか」

「そうです。オークションに出せない盗難アートは、売りさばくのがとても難しい。それが著名な美術品であれば、なおさらです」

「チェルタノヴォ・ブラトヴァなら、それができると？」

頷いたイブスキは続ける。

「国際マフィアの中でも、ブラトヴァは指折りの収益を誇っています。裏稼業としては世界屈指です。彼らだからこそ、できると言えるでしょう。彼らは、組織の信用力をバックボーンにして、収集した盗難品をトップアートコレクターに売っているんです」

「でも贋作もつくっているのでは？」

「そこが彼らのビジネスの悪質かつ狡猾《こうかつ》で、ある意味で優れた部分です」

「購入者に贋作を渡しているんですか」

何人ものコレクターに売れれば、かなりの収益が出そうだ。あとで贋作と知っても泣き寝入りするしかないだろう。

イブスキは首を横に振った。

「トップアートコレクターに売るものは、正真正銘の本物です」

「じゃあ、贋作はなんのために」

「彼らは売る前に、本物を目の前にして精巧な贋作を作製します。そして、自分たちとは別ルートで、贋作を売りに出すんです。著名な作品が盗難被害に遭うとニュースになります。だから本物かもしれないと贋作も高値で売りさばける」

「別ルートで贋作を売るなら、ブラトヴァの信用は落ちない……」

「そういうことです。真作と贋作の同時販売。それがブラトヴァの盗難アートビジネスです」

日常とはかけ離れた世界の話だった。

「ブラトヴァは、盗難品の真作を闇へ流すことを『殺す』と言っていました」

「殺す？」

「闇へ流せば、表の世界から美術品は消え、誰も鑑賞することはできなくなる。それは美術品にとって死と同義だからでしょうね。自分たちでやっておいて皮肉が効いている」

あきれ顔のイブスキに、楠木は訊ねた。

「ちょっと、わからないんですが」

イブスキは首をかしげ、先を促した。

「盗難された美術品を買っても、誰に見せられるわけでもなくリスクも高いですよね。社会的地位がある人物なら、なおさらでしょう。それなのになぜ、コレクターは大金を払うんですか」

「言いたいことはわかります。私も最初はわかりませんでした」

イブスキは、同意するように頷くと続けた。

「ですが、指折りの資産家がひしめくトップアートコレクターの世界は、一般のそれとはまったく感覚が違うものなんです。トップアートコレクターの多くは、芸術品を自身の権威づけのために購入するわけではありません。

彼らが大金を払って所有する理由は、自身の世界観の形成のためなんです。アートの本質を理解するには、歴史・哲学・科学・文化史、さまざまな教養が必要なんだそうです。そして彼らは自分という人間を、誰かのためではなく、自分自身に向けて表現するため、美術品を欲するんです」

楠木は頷くこともできなかった。自分には生涯、到達しえない感覚だった。

「トップアートコレクターとは、そのためだけに芸術品に何億ドルもの価値を見出し、かつそれを支払う能力がある者たちのことを言います。盗難でもされなければ、手に入らない美術品は数多くあります。ゆえに世界には、盗難アートというリスクを抱えても手に入れたい、そう考えるトップアートコレクターが存在するんです」

「それでいて、中途半端《ちゅうとはんぱ》なコレクターや投資家は贋作をつかまされる……」

「その通りです。それでも、尋常な出来の贋作ではありませんがね」

洋館には贋作をつくる彫刻師がいたと、涌井は言っていた。

「凄腕と聞きました」

「ええ。日本に送られてくる盗難アートは彫刻だけでした。もちろん、日本に買い手がいるからではありません。そもそも日本にはトップアートコレクターが、ほとんど存在しませんから」

イブスキは誰かを思い出すように、視線を宙に漂わせた。

「この極東の日本へ、リスクを負ってまでブラトヴァが盗難アートを送ってくる理由は彫刻師でした。稀有《けう》な力を持った彫刻師が、日本に存在したからです」

「どういう経歴の人物なんですか」

「私も彫刻師が洋館に来た詳しい経緯は聞かされていません。管理人を任されたときには、すでにいました。きっかけは借金返済のために、裏稼業に入ったらしいとだけ。洋館の暮らしが気に入ったらしく、借金返済を終えたあとも居ついたそうです」

「名前は？」

イブスキは首を横に振った。

「わかりません。海外で活躍していた著名な日本人石工《いしく》が父親だと噂で聞きましたが、どこまで本当かわかりません。ただ、腕は本物でした。瓜二つ《うりふた》の彫刻が作られていくのを何度も目にしました。贋作であってもつくれれば、それでよかったようです。格安の報酬で桁外れ《けたはず》の贋作を生み出す彫刻師を、ブラトヴァは重宝していました。その上ロシア語も学び、ロシア人の盗品管理者との円滑なやりとりもできた。それゆえ洋館では強い発言力がありました」

「その人物は今？」

「あの夜の事件で、処分される直前に行方不明となりました」

すべてはイブスキの言う「あの夜」に集約されていくのだろう。

「彫刻師は贋作づくり以外、とんと興味を持たない人間でした。ですが監禁されていた向井くんとだけはうまが合ったようで、彫刻のいろはを教えてやるほどでした」

「かわいがっていたということですか」

「ええ、向井くんも美術品に興味があり、最終的には師弟関係のような感じになっていました。向井くんも彫刻を始め、のめり込んでいましたね」

「彼が監禁されていたのは、洋館の檻がある部屋ですか」

「その通りです。あの洋館に行かれたんですね」

「ええ」

イブスキは、組んだ手に視線を落とした。

「向井くんが洋館に連れてこられたのは十年前です。私が管理人となった同じ年でした。貿易商だった父親がトラブルを起こしたらしいとだけ聞きました。人質なのか、見せしめなのか。ブラトヴァはなにも教えてはくれませんでしたが」

「九谷組とブラトヴァはどんな関係だったんですか。あまり九谷組の立場はよくなかったようですが」

「九谷組は、小野上家の紹介でブラトヴァの面倒を見ていました。紹介といっても実際は命令のようなものです。断れるはずもなく雑用係のように扱われていました」

「小野上家はヤクザに対して、そこまで力があるんですか」

「東港にシノギを持つ組で、逆らえるところはないでしょうね」

「そこまで……」

「ええ。そういうわけで、九谷組には向井くんの詳細は知らされませんでした。正直、一般人の長期監禁など、組としてはリスクが高すぎます。でも呑むしかなかった。後に向井くんの父親が殺され、彼も処分すると聞きました。ですが、そうはならなかった」

「なにかあったんですか」

「なにかあったというわけではありません。ただ、彫刻師が彼を気に入っていたんです」

「彫刻師には、それを通す力があった？」

「そういうことです。向井くんは殺されず軟禁状態へ移行し、檻へ入るのは小野上カナコなどの客人が来るときだけとなりました」

「小野上カナコのほうは、どういう人物だったんですか」

「洋館に現れるようになった彼女に、噂で聞いていた傑出した経営者の面影《おもかげ》は感じなかったですね。覇気もなく、趣味に傾倒した浮き世離れした女性というイメージでした。あくまでも当初は、ですが」

「どういう意味です」

「彼女も含め、オリンピアのニケが来てから、すべてが変わったんです」

「どう変わったと？」

イブスキは答えず、目を閉じて額に手をやった。

「楠木さん。すいませんが、たばこを吸っても大丈夫ですか」

頷いてみせると、イブスキはローテーブルに置かれた木箱に手を伸ばした。中には葉巻が入っていた。一本取り出し、刃がついた道具とライターを引き寄せる。

「足を洗って多くのことにケジメをつけたんですが、これだけはやめられないんです」

苦笑しながら葉巻を鼻に近づけ、芳香を味わう。

「きついことも大抵これで落ち着きます。葉巻そのものというより、吸うまでの手間で落ち着くんでしょうね」

イブスキにとって、ここからの話は重い、ということだろうか。イブスキは刃のついた道具を手にすると、葉巻の先にあてた。

「正直、実際に見ていなければ与太話です」

「ニケのことですか」

「ええ。七年前に流れた、オリンピアのニケのフェイクニュースをご存じですか」

「ええ」

「どこまで？」

楠木は、オリンピアのゼウスが消失するまでの経緯をはじめ、オリンピアのニケにまつわる発見者の不審死や、消えたニケ、贋作者が見つからなかった話をした。

「あとは、ニケの足の裏にはゼウス像の象牙が残っていて、放射性炭素年代測定により年代が測定されたとも。結果、史実と齟齬《そご》がなかったと」

手を止めたイブスキは、驚いた顔で言った。

「なぜ……放射性炭素年代測定のことまで？」

楠木は答えなかった。しばし待っていたイブスキだったが、あきらめたように言った。

「わかりました。もし、話してもかまわないと思われたら話してください」

視線を落としたイブスキは、刃のついた道具の両端を押し込んだ。金属音と共に葉巻の先端が落ちたところで、話し始めた。

「オリンピアのニケは、ゼウス像から切り離され現代まで残った遺物です。ニケは全身が黄金でできていたにもかかわらず、溶かされず残されました。ギリシア神話への信仰が消え去ったにもかかわらず、そのまま残されたのには理由があります」

イブスキはターボライターに火を入れた。低音を響かせ、葉巻の先端を炙《あぶ》っていく。

「楠木さんも実物を見たならば納得したでしょう。その歴史的価値など知らずとも、目にしただけで違うとわかるんです。あのニケは、遥か昔のペイディアスという彫刻家の卓越したセンスと、工芸技術の粋が高度に昇華された芸術品であり、現代の技術力なら再現できるといった類いのものではないんです。放射性炭素年代測定とは別に、素材特定のためにX《エックス》線《せん》分析も実施されたのはご存じですか」

楠木が首を横に振ると、イブスキは赤く光る葉巻の先端を見つめながら続けた。

「分析はロシアの学術機関、ロシア科学アカデミー金属物理学研究所が担当しました」

「え？　国の機関ということですか」

「ええ。盗難車の不正輸出と違い、盗難アートはブラトヴァの中枢幹部が関わっています。彼らはロシアの政治にも強い影響力を持ちます。だから可能なんです」

イブスキは味を確かめるように、葉巻をひと吸いした。

「全長百四十五センチ。重さ四十キログラム。内部が中空の全身黄金像。下地の黄金は、純金に近い延べ棒を叩いて打ち出したもので、その上に粉末状の金を塗布して制作されています。顔の複雑な形状も、すべて金を打ち出して形作られています。全身が黄金なのですが、素肌や衣服など、部位によって金の配合率が細かく変更されているんです」

紙巻きたばことは違う、しっとりとした芳香が部屋に漂った。

「たとえば、肌の色は透明感のある青白い金色をしています。下地の赤みのある金の上に、銀を混ぜた粉末状の金が塗られているからです。すると下地の赤い金が表層の白い金を透過して色がブレンドされ、独特な青白さが現れるんです。これは化粧と同じ考え方で、金板が地肌で表層の金がファンデーションの役目を果たしているんです」

イブスキは、ニケの姿を思い描くように目を細めた。

「さらに唇《くちびる》には別の配合の金が使われ、濃い赤みが。頰のあたりはまた配合が違っていて、ほんのりと桃色がかっていました。人間の肌と同じように、部位によって黄金の色みがまったく違うんです。単に黄金で形作ったのとは次元の違う、複雑で精緻《せいち》な彫刻です。それがどんな効果を生むかわかりますか」

「リアリティ、ですか」

「正直、そんな表現では足りません。認知の歪みとでも言うんですかね。全身が黄金にもかかわらず、まるで生きている女性を目の当たりにしているような感覚になるんです」

楠木は想像してみたが、うまくいかなかった。

「これぱかりは実際に見ないと、わからないと思います」

イブスキは笑った。

「加えてニケには、女神であることを端的に表す、大きな翼があります。全体の半分を占めるほどの大きさがある黄金の翼です。その羽根の一枚一枚に、素晴らしい細工が施されていました。黄金に輝く有翼の女性。神がいるのならこんな姿なのだろうかと、教養もない私でも率直に思いました。あれは本当に奇妙な体験でした」

イブスキは虚空を見つめ、葉巻をふかした。

「ブラトヴァの盗品アート管理者によれば、表に出れば、世界でも屈指の文化遺産になるものだそうです。比較するとすれば、ツタンカーメンの黄金のマスク。年代的にはツタンカーメンのほうが古いのですが、その歴史的、芸術的価値ではツタンカーメンに匹敵、あるいは超えるかもしれないと言っていました」

「ツタンカーメンの黄金のマスクを超える……」

「ツタンカーメンの黄金のマスクにどれくらいの価値があるのか、聞いたことはありますか」

楠木は首を横に振った。

「二百兆円から三百兆円と言われています」

「二百、兆？」

「黄金のマスクを単純に溶かして金塊にすれば、八千万円ほどの価値しかありませんがね」

「あとは歴史的、芸術的価値ということですか」

「ええ。ですが、そうは言っても二百兆円なんて現実的な金額ではありません。その金額が示すのは、国家レベルの価値がある文化遺産ということです。そしてオリンピアのニケは、そのツタンカーメンの黄金のマスクさえ超える可能性を秘めている」

イブスキは、葉巻の煙に目を細めて笑った。

「それをブラトヴァは、『殺す』というのですから」

殺す。闇へ流すという意味だと言っていた。

「ですが、実際に目の当たりして、私でもわかりました。確かにオリンピアのニケは、人を狂わせる力がある芸術品です。事実、小野上カナコをはじめ、皆が取り憑かれた」

イブスキは長くなった葉巻の灰を落とした。

「すいません。お茶も出していなかったですね」

「いえ、おかまいなく」

灰皿に葉巻を置いたイブスキは、慎重に車いすを回転させ、部屋を出ていった。

楠木はソファに背中をあずけた。

ニケによってすべてが変わった。

小野上カナコもニケに取り憑かれたという。その結果、どうなったというのだろう。

しばらくすると、慣れない手つきで盆に茶を載せたイブスキが戻ってきた。立ち上がった楠木は盆を受け取り、代わって茶を置いた。

「楠木さん。ひとつ確認しておきたいことがあります。これはあくまで推測ですが、お気を悪くされるかもしれませんが」

車いすを止めたイブスキは、あらたまった顔で楠木を見た。

「かまいません。言ってください」

イブスキは頷きながらも、にごすように葉巻を手に取った。

よほど言いにくいことなのか、吸いかけた手を止めて黙り込んだ。

そして意を決したように言った。

「向井くんが、楠木さんの奥さんを刺したときの動画を見ました。奥さまの名前は恵さん、でしたよね。実は、恵さんと小野上カナコなのですが。あまりにも似ているんです。遠目なので間違いないとまでは言えないですが……」

イブスキは小野上カナコと会っている。楠木と同じ疑念を持っても不思議ではなかった。

「あの、奥さんは小野上家となにか――」

楠木は答えた。

「言いたいことはわかります。私の妻が小野上カナコではないかということでしょう⁉　私もそう思っています。妻は別人の戸籍を使っていました。妻の卒業アルバムも確認しましたが、まったくの別人でした」

腑《ふ》に落ちた、という顔でイブスキは小さく頷いた。

「そうでしたか。あなたの疑念とは、奥さんと向井くんとの接触が、偶然ではないとの推測からなんですね。それでなにか裏があると」

「……その通りです」

楠木が認めると、イブスキは楠木の顔をじっと見て言った。

「ここからの話は、小野上カナコの負の一面に触れることでもあります。それでも聞きたいですか」

覚悟はあるのか？　イブスキはそう聞いていた。

耳を塞ぎたくなるような恵の闇が、そこにはあるのだろうか。

それでも楠木は頷いた。そのために来たのだ。

いつのまにか葉巻の火が消えていた。イブスキは黒くなった葉巻の先端を見つめながら話し始めた。

「あれはニケが来て半年ほどたったころでした。彫刻師と向井くんが結託し、ニケを奪おうと計画している。そう小野上カナコが言い出したんです。疑念ではなく、断定的でした。それまで小野上カナコが二人と話しているのをほとんど見たことがなかったので、私たちも驚きました」

「それは事実だったんですか」

「わかりません。ただ、私から見ても、ニケが来てから彫刻師と向井くんの様子がおかしくなっていたのは事実です。うっとりとニケを見つめ、二人でぼそぼそとやりとりしているのを何度も見かけました。ですが、それは小野上カナコも同様でした。ニケに没頭し、呆けたように見つめているのを幾度となく目にしました。以来、洋館の雰囲気は張り詰めたものになりました。そんな中、事件が起こったんです」

楠木は目顔で先を促した。

「小野上カナコが、石工道具の長いノミを使い、檻の中の向井くんを外からめった刺しにしたんです。胴体は刺していなかったので、殺意はなかったのかもしれません。ですが、執拗《しつよう》に手足を突き刺し、あたりは血の海になりました」

楠木は言葉を継げなかった。恵が向井をめった刺しにした？　恵が豹変《ひょうへん》したところをどう想像してみても、現実感がなかった。

だが、神戸の博物館で働いていた向井の同僚は言っていた。向井の腕や足には、刺し傷のように見える傷痕がいくつもあったと。

「……なぜ、小野上カナコはそんな凶行に？」

なんとかそう絞りだした。

「彫刻師と向井くんの裏切りの証拠を見つけたと。二人は暗号を使って計画をやりとりしている。だからそれを吐かせると。檻から引き離したとき、金切り声で叫んでいました」

凶行を搔《か》き消そうとするように、恵の笑顔がちらついた。現実を呑み込めず、頭痛が走る。

楠木はこめかみを押し込み、痛みを散らしながら訊ねた。

「それからどうなったんです？」

「惨状を見た彫刻師は怒り狂いました。そして贋作づくりをすべて放棄し、ブラトヴァ幹部に宣言しました」

「……なんと？」

「小野上カナコが洋館に来る限り、二度と贋作はつくらない。彼女は経営から遠ざかったとはいえ、小野上家の主、小野上清太郎の娘です。清太郎が末っ子のカナコをかわいがっているのは、周知の事実でした。経営からも美術品の世界からも締め出された彼女には、洋館しか残っていなかった。ブラトヴァは選択を迫られました。日本での贋作ビジネスをあきらめるか、小野上家と対立しても続けるか」

「彼らの結論は？」

「日本での贋作ビジネスの継続です」

小野上家との対立リスクを承知の上で、彫刻師を選んだということだ。

「……小野上カナコは、どうなったんです？」

「洋館から追放されました。彼女の所業を聞いていたのかもしれません。小野上家からの物言いはなかった。すべては丸く収まった。そう思っていました」

イブスキは火の消えた葉巻の先に目を落とし、丹念に炙りなおした。再び灯《とも》った線香花火のような赤暗い光を見つめながら言った。

「でも、そうではなかった。そして起こったんです。あの夜が」

深くひと吸いしたイブスキは葉巻を置くと、シャツをめくって見せた。腰のあたりがあらわになる。そこには火傷《やけど》のようにも見える爛《ただ》れた円形の傷痕が、二つあった。

「弾丸が入った痕です。そのうちの一発が、脊椎《せきつい》の神経を破壊しました。その結果がこれです」

ブランケットの上から、太ももを摑んだ。

「あの夜、ブラトヴァ幹部のひとりから連絡がありました。小野上カナコが新潟を離れる。最後にニケを見せてやれと」

太ももを摑んだまま、イブスキは続けた。

「ほかの幹部への報告は必要ないと言われました。小野上カナコは、狙いをつけた幹部に密《ひそ》かに大金を積んだのでしょう。その幹部は、あきらかに彼女のニケへの情念を軽く考えていた。私は危険だと食い下がりました。だが認められなかった。九谷組にブラトヴァの命令を突っぱねる力はなかった……」

イブスキは葉巻を口先につけた。葉先から、じっと焼ける音がした。

「幹部の連絡からすぐでした。彼女は訪ねてきた。その時、洋館にいたのは、彫刻師と向井くん。あとは組の若衆が二人と、常駐の用心棒が三人。私は用心棒に拳銃を手元に置かせ、若衆にドアを開けさせた。だが、それは間違いでした。私もまた、小野上カナコのニケへの情念を見誤っていたんです。三人も拳銃を持っていれば、万が一でもなんとかなると――」

宙を見上げたイブスキは続けた。

「ドアを開けた瞬間、発砲音が弾《はじ》けた。脅しもなかった。端《はな》から殺す気だったんです。倒れ込んだ若衆を踏みつけ、短機関銃と拳銃を持った八人の男がなだれ込んできた。応戦した三人の用心棒を皮切りに、次々と銃撃されました。私も彫刻師も撃たれた」

洋館に残っていた弾痕を思い出し、楠木はその時の銃撃戦を想像した。

「血が滲んだ腹を抱えながら私は床に突っ伏しました。火薬の臭いが立ち込める中、霞む視界に小野上カナコが洋館に入ってくるのが映った。彼女は興奮した顔で、ニケの梱包《こんぽう》を指示しました。そして後処理に二人だけ残し、ニケと共に洋館を去ったんです」

「後処理？」

「皆殺しです。少なくとも私と彫刻師、檻の中の向井くんはまだ生きていましたから」

楠木は信じられない思いで、イブスキを見つめた。

「残った二人は、檻のある部屋のドアを開け放ち、檻の中の向井くんに拳銃を向けました。そして躊躇なく胸の真ん中を撃った。それから倒れている人間に、止《とど》めの一発を撃ち込んでいきました。だんだん私と彫刻師に近づいてくる。でも身体は動かなかった。そして近づいてくる足音が、目の前で止まったのがわかった。最期だと思いました。その時、あの夜で唯一の幸運が起きたんです」

「一体、なにが？」

「顔を上げると、二人の後ろに向井くんが立っていた。彼は石工道具の長いノミでひとりの背中を刺し貫いていた。そして、振り向いたもうひとりの胸にも突き立てた。向井くんのおかげで、私と彫刻師は助かったんです」

「彼は撃たれたんですよね？　なぜ、彼はそんなことが」

「騒動の中、胸に分厚い本を仕込んでいたんです。それが彼を守った」

楠木は思い出した。

洋館で見つけたあの本――、弾痕があった。あれが向井を守った？

「私は、向井くんに九谷組と繋がりのある病院を伝えたところで意識を失いました。気がついたときは病院で、彼は姿を消していた。彼とはそれきりです」

「それから、彼はニケを奪った小野上カナコを探し続けていた？」

「確証はありませんが……」

楠木は、各地でギリシア展が開かれるたびに、向井が美術館や博物館で働いていた事実を話した。イブスキは頷いた。

「それなら間違いないと思います。消えた小野上カナコが、リスクを冒《おか》してでも現れるとすれば、そこしかありません。ニケを求めた向井くんはそれを引き当てた……」

「イブスキさん。率直な疑問なんですが」

「はい？」

「めぐ――いや小野上カナコは、そこまでしてもニケが欲しかったと思いますか。殺しを請け負う人間を雇い、洋館の人間を皆殺しにしてまで？　成功したとて命を狙われ続ける。国家レベルの遺産と言われても、どうにも納得できないんです。本当にそれほどの価値があるんですか。そのニケには」

どうしても受け入れがたかった。いや、受け入れたくなかった。

「彼女のことで、ひとつ印象に残っていることがあります」

イブスキは視線を落として言った。

「彼女とブラトヴァ幹部が話しているところに、居合わせたんです。彼女は言っていました。オリンピアのニケは、個が到達しうる快楽の極致なのだと」

「それはどういう意味なんです？」

「ニケとは古代人の情念を、途方もない時間をかけて吸ってきた稀有な物体なのだそうです」

余計に意味がわからなかったが、イブスキは続けた。

「約千二百年――古代オリンピックが続いた年月です。その間、幾度も戦争が起こった。それでも人々は休戦してまでオリンピックを開催し、一度たりとも途絶えさせなかった。それほどに支持していたんです。その歴史の内、約八百年、オリンピアのゼウス像とニケ像はあり続けた。古代オリンピックの象徴《シンボル》として、オリンピアの地に存在した三千体の彫刻の頂点として」

イブスキは眉をひそめた。

「彼女は笑いながら言いました。悠久の時間。何億人、何十世代にわたり、人々は強い信仰心を持ってゼウスとニケを見上げ続けた。その思いを一身に受け続けた、情念の塊《かたまり》ともいえるニケを、この地球上でただひとりの人間が、誰にも知られることなく密かに愛でる。その意味がわかるかと。

それは金さえあれば実現できるというものではない。時代、地位、人脈、巡り合わせ。そのすべてのピースをそろえた者だけの奇跡。個が到達しうる快楽の極地なのだと。吐息まじりに語った彼女の火照《ほて》った笑顔を、私は未だに忘れられません」

楠木は話を聞きながら、背中が総毛立っているのに気づいた。

イブスキが語る恵は、間違いなく狂気を内包していた。

これが恵の闇の正体なのだろうか。

わからなかった。

「ですが」

イブスキの言葉に、楠木は視線を上げる。

「小野上カナコが強奪を決めた決定的な理由は、そこではないと思います」

「違う？　ではなんだと……」

「彼女を動かしたのはおそらく、その奇跡の買い手です」

「買い手？　それは誰だというんです」

「ブラトヴァにとっても、買い手についてはトップシークレットです。もちろん私も知らされていませんでした。ですが相手は小野上カナコでした。幹部は小野上家へのサービスのつもりで、耳打ちしたのかもしれません。ですが、それは彼女にとってあってはならない人間だったんです」

「あってはならない？　一体誰なんです」

「その幹部は美術界には疎いようだったので、事情を知らなかったんでしょう。楠木さんが、さっきおっしゃった人物です」

「まさか……」

「そうです。買い手は『クオール』の経営者、オリヴィア・ウォーレン」

小野上カナコの人生を狂わせた女。

「あの女に。洋館に響き渡るような怒声でした。オリヴィアには渡さない。あの時、彼女は心に誓い、襲撃を決めたのではないか。私はそう思っています」

楠木は言葉を失った。

イブスキは短くなってきた葉巻の手元のラベルを剝がす。

灰皿に落とされたラベルを見つめながら、楠木は訊ねた。

「……襲撃後、どうなったんです」

「私と彫刻師は一命をとりとめました。私は下半身不随になりましたが、彫刻師は内臓や神経を傷つけず弾が抜けていました。洋館のほうは、清掃屋によって死体処理を始め、血痕《けっこん》清掃から弾丸や薬莢《やっきょう》といった事件性が疑われるものが回収されて引き払われました。そしてブラヴァは、日本での贋作づくりの中止を決めたんです。同時に彫刻師には海外拠点への移動を告げられたそうです。拒否すれば、処分されたでしょう。彫刻師もそれを察したのか、入院中に姿を消しました」

「小野上カナコは？」

「同じく消え失《う》せました。後に聞いた話では、小野上家から四億円相当の金資産や現金などを持ち出していたそうです。入念に準備した上での強奪と逃走だったんです。さすがに父親の小野上清太郎もあきらめたんでしょう。彼女は小野上家から絶縁されました。ブラトヴァには多額の詫び金が支払われ、見つけ出すことがあれば、好きにしてかまわないと伝えられたと聞いています」

「それ以来、行方知れずだった？」

「そうです」

イブスキは短くなった葉巻を見つめながら言った。

「甚大な損害が出た一件です。当然ながら責任を取る者が必要でした」

それがイブスキだった、ということなのだろう。

「買収されたブラトヴァの幹部は？」

「なにも。名前を出せば、殺すと脅されました」

眉間に皺を寄せた楠木に、イブスキは苦笑した。

「それでも口止め料はくれました。そのおかげで店を開くことができたんです。今ではよかったと思っています。まっとうな仕事で胸を張って毎日を送れている。生きる意味を感じることができています。ただ、いまだにあの夜のことは、しこりとして残っているんです」

楠木は目を閉じ、髪に両手を入れた。

自分の知る恵は、本当に存在したのだろうか。

小野上カナコの残虐性、暴力性、異常性。恵には、その片鱗さえも感じたことはなかった。

「楠木さん。やりますか」

目を開けると、葉巻が差し出されていた。

楠木は断り、大きく息を吸った。冷静さを取り戻すべきだった。

黙り込んでいる間、イブスキはなにも言わず待っていてくれた。

楠木は自身を落ち着かせながら、もらった情報を整理した。

そして訊ねた。

「イブスキさん」

イブスキが楠木を見る。

「話は戻りますが、小野上カナコは、彫刻師と向井が暗号を使ってやりとりしていると言ったんですよね」

「ええ」

「暗号とは、手話のようなものですか」

「私は実際見ていないのですが、確かに彼女は手を使ってやりとりしていると言っていました。なぜご存じなんですか」

「向井くんを守った本とは、その暗号について書かれていた本ですか」

「え？　そうです。その通りですが……」

イブスキは不思議そうな顔で答えた。

楠木はバッグから、『数の文化と生活』と書かれた本を取り出した。

「これですか」

イブスキが息を呑むのがわかった。

「こ、これです。え？」

ノノミが見つけた、ローマンフィンガーカウンティングについて書かれていた本だった。中央には弾痕が残っている。

本を受け取ったイブスキは言った。

「小野上カナコは、この本にある手信号を使って二人がやりとりをしていたと言っていました。ですが……、この本をどこで？」

「洋館です。多分、作業場だった半地下の広い部屋です。本棚の目につきにくい場所に挟まっていたんです」

「あそこに？　本当ですか？」

イブスキは首をかしげた。だが本をめくるうちに頷いた。

「……でも、これに間違いないと思います」

「この本に、ローマンフィンガーカウンティングというものが出てきます。実は、向井くんはあの東京での事件の際、ローマンフィンガーカウンティングを使って、誰かに暗号を送っていたようなんです。数字にしてみましたが、意味がわからない」

「あの東京の事件で？」

イブスキは驚いた顔で言った。

「ええ。スローで何度も確認して、数字はわかりました。ですが、その数字がなにを意味しているのかわからない」

「暗号……」

イブスキは、それだけ言うと黙考した。

そして、はっとなにか思い当たったような顔をした。

「それが本当なら――私、多分わかります」

「え?」

「小野上カナコが言ってたんです。二人は本に暗号を隠しているって。確か――」

イブスキはそう言うと、勢い込んで本の表紙カバーの端に爪《つめ》を立てた。

端に隙間を作り、つまんで引っ張る。銃弾の高熱で溶けている表紙カバーの樹脂フィルムが、ぱりぱりと音を立てて剝がれていく。

「やっぱり。これじゃないですか」

本から分離させた表紙カバーを裏返した。そこには、1から99までの手書きの数字があった。そして数字の隣には、それぞれカタカナとアルファベットが書き込まれている。

カバーを受け取った楠木は、驚きのまま目を落とした。

数字、カタカナ、アルファベットの対応表だった。銃弾により一部が欠損しているが、ほぼ完全に読み取れる。各々の数字に対し、ランダムにカタカナがあてられていた。モードを変える番号も存在しており、それを使えば、アルファベットも表現できるようになっていた。

つまり、ローマンフィンガーカウンティングで数字だけでなく、カタカナとアルファベットも伝えることができるようになっていた。

震える手でスマホを取り出した楠木は、生唾を飲み込んで言った。

「イブスキさん――。紙とペン、ありますか」

スマホに向井のローマンフィンガーカウンティングから割り出した数字のメモを表示させた。

1 4 2 4 5 3　1 3 3 8 2 2 4 6 6 8

1 4 3 2 8 6　1 3 6 8 6 5 8 1 6 8

「どうぞ」

紙とペンを持ってきたイブスキの顔にも興奮が見えた。

対応表と照らし合わせて解読していく。

頭の14と13は、どのモードで綴《つづ》るかを示していた。以降はモードに合わせた文字を当てはめればいい。たとえば、よく出てくる「68」は向井が中指を立てたように見えたサイン。この「68」には、カタカナで「ス」が当てはまる。

番号に文字を当てはめていく。

14　英語モード　24「I」　53「D」

13　カタカナモード　38「パ」　22「ラ」　46「ー」　68「ス」

14　英語モード　32「P」　86「W」

13　カタカナモード　68「ス」　65「テュ」　81「ク」　68「ス」

まとめると、次のものになった。

ＩＤ　パラース

ＰＷ　ステュクス

「ＩＤとパスワードだったのか……」

楠木はつぶやいた。その下のカタカナが意味することは、なんのことだかわからなかった。

「ステュクスとパラースは、ギリシア神話に登場する神の名です」

イブスキが言った。

「神の名？」

「ええ。その二人の子供が、ニケです」

「ニケ……。これは、どこかで使用するためのＩＤとパスワードなんですか」

「わかりません」

イブスキは首を横に振り、楠木を見つめた。

「あなたこそ思い当たることはありませんか。向井くんの最期のメッセージ。むしろ奥さんが知っていたことかもしれません」

「恵が？」

「奥さんと向井くんには接点があった。そして楠木さん、あなたは奥さんとずっと一緒に暮らしてきた。なにか思いつくことはありませんか。ささいなことでも。よく考えてみてください」

楠木は額に手をやった。

なんだ？　俺は恵のなにを知っている？

なにを。

だが、楠木はなんの答えも持ち合わせていなかった。

家を出るとき、イブスキは言った。

「なにかわかったら連絡してください。私の中でも、あの事件は終わっていない。私も知りたいんです。それと新潟で困りごとがあれば、なんでも言ってください。できる限りのことはさせていただきます。楠木さんには複雑な思いを抱かせてしまうと思いますが、私にとって真実をあきらかにすることが、命を救ってもらった向井くんへの手向けなんです」

二

スイートチリソースのタレ皿に生春巻きをつけたところで、ノノミは手を止めた。たれ目と大きな口を開けて楠木を見つめると、あきれたように言った。

「ほとんど話しちゃってるじゃないですか」

夕食に訪れたホテル近くのベトナム料理店。イブスキ宅でのやりとりを話したところだった。

信用できるかどうかわからないイブスキに、小野上カナコと恵が同一人物であること、ローマンフィンガーカウンティングの存在を伝えたことが、納得いかないようだ。

「そうは言っても彼は最初から、小野上カナコが妻だと気づいていたんです。ローマンフィンガーカウンティングが文字に対応しているとわかったのも、彼のおかげですし」

それでもノノミは不満そうな顔で、生春巻きを口に入れる。

「もちろんノノミさんの存在は伝えていないですし、わかったことのほうがはるかに多い。向井くんの新潟での状況もわかったんですから」

楠木は重ねて言うと、ダラットワインを一口飲んだ。

「そうかもしれないですけど……」

ノノミは箸《はし》を止め、ため息を吐いた。

「にしても、まだ信じられないです」

「私もです。妻が向井くんにあんなことをやった上、洋館を修羅場にしてニケを盗みだしたなんて……今も信じがたい」

楠木が逃れるようにグラスを呷ると、ノノミが言った。

「向井くんが美術館で働いていたのは、美術品を観たかったからじゃなく、本当に楠木さんの奥さんを探していたからなんでしょうか。私に言っていたことが、なにもかも嘘だったのなら、私は一体誰と付き合っていたのか……」

その顔には、心痛が浮かんでいた。

気持ちは痛いほどわかった。それでも楠木は正直に言った。

「彼が博物館と美術館で働いていた期間、すべての場所で古代ギリシア展が開催中でした。彼は古代ギリシア美術品のコレクターだった私の妻が鑑賞に現れるのを待っていた。だからこそ、どの証言でも見ていたのは美術品ではなく、来場者だったんだと思います。そして五年の歳月をかけ、彼は東京国立博物館で妻を見つけ出した……」

凄まじい執念だった。それが、イブスキも言っていたニケの魔力なのだろうか。

「そして、彼には相棒がいたはずです。IDとPWを伝えた相手——ローマンフィンガーカウンティングを理解する人間が。それはひとりしかいません」

「彫刻師、ですね」

楠木が頷くと、ノノミは力なく続けた。

「向井くんは彫刻師と一緒に、小野上カナコを探していた……」

「彼との交友関係を思い返してみてくれませんか。なにか引っかかる人間はいないですか」

ノノミは首を横に振った。

「そもそも友人の話を聞いたことがありません。人付き合いには、まったく興味がない人だと」

「ノノミさんと付き合っていたのが不思議なくらいか……」

楠木は「いや」と自身で否定すると、自嘲《じちょう》した。

「私も同じです。妻から友人を紹介されたことはなかった」

それを不思議にも思わなかった。

二人の間に沈黙が落ちた。

交際していても、結婚していようとも。相手を知っていると思うのは、勘違いにすぎないのかもしれない。

楠木は、ボトルを手に取った。

「それについては考えてもしょうがないですね。それよりこっちを」

手書きのメモを机の上に出し、グラスにワインを注ぐ。

「さっき話したＩＤとＰＷです。ＩＤがパラース。ＰＷがステュクス。知りたいのは、これの使い道。単純に思いつくのは、どこかのウェブサイト。あるいはなにかの施設のセキュリティなどですが」

ノノミは首を横に振った。

「向井くんから、そういう話を聞いたことはないです」

「直接的ではなくても、ギリシア神話から思いつくことはないですか。ステュクスとパラースは夫婦で、ニケの両親だそうです。そこからなにか繋がりそうなものとか」

しばし考えていたノノミだったが、気づくと楠木をじっと見ていた。

楠木が首をかしげると、ノノミは言った。

「私より考えるべきは、楠木さんのほうだと思います」

「え？」

「向井くんは報道カメラを通じて、ローマンフィンガーカウンティングを使って彫刻師にＩＤとＰＷを伝えたんですよね」

「そうだと思います」

「それって予想外のチャイニーズマフィアの襲撃で、スマホが使えなくなった苦肉の策だったんだと思うんです」

楠木は頷いた。確かにあえて使いたい伝達方法ではない。

「それなら向井くんは、あのマンションでＩＤとＰＷを知ったはずです。だとすれば、その情報源は小野上カナコでしかありえません。ギリシア神話以前に、このIDとPWをしゃべった女性と、楠木さんはずっと暮らしてきた」

ノノミは半ば睨むように楠木を見て言った。

「楠木さん。あなたが一番、答えの近くにいたんです」

楠木はやわらかい部分を、指先で深く押し込まれた気分だった。

その通りかもしれない。――だが。

「……本当に、なにも。わからないんです」

「そうですか」

落胆したノノミの声に、楠木は言った。

「でも、気にかかることはあります」

ノノミが顔を上げた。

「一般人が報道局に電話したとしても、局の人間が信じて即座に動くとはとても思えません。動くだけの理由があったはずです」

「確かにそうですね」

「それについて調べてみます。それと彫刻師。年齢や外見的な特徴を聞きそびれたんです。もう一度、イブスキさんに会いにいきます。彼は彫刻師をよく知っている。うまくすれば写真も持っているかもしれない」

「それは反対です」

ノノミは、はっきりと言った。

「なぜです？」

強い否定に面喰らいながら、楠木は聞き返した。

「私は、イブスキというヤクザを信用できないです」

「今は堅気ですよ」

「そういうことじゃありません。そもそも、あちらから電話をしてきたことに違和感があります。こんな犯罪絡みの情報を簡単に話したことも。あげくに困ったらなんでも相談に乗るなんて、異様な親切さも信用できません」

「命を助けられた向井くんへの手向けだと言っていました。彼なりの、けじめのつけ方なんだと思います」

ノノミは首を横に振った。

「イブスキという男の話が本当だとしても、彼は初めて会った楠木さんに、なぜ自身も関わった犯罪の詳細をペラペラと話すんです？　リスキーすぎます。普通じゃない」

「だから、向井く――」

場違いな音が響いた。ノノミが拳でテーブルを叩いた音だった。

一瞬、周りの客の喧騒《けんそう》が止まったが、痴話喧嘩《ちわげんか》と思ったのかすぐに戻った。

「……どんな理由があろうと、向井くんを監禁していたのは、彼らです」

喧騒を取り戻した店内で、ノノミは絞りだすように言った。薄く濡れた彼女の目に、楠木は二の句を継げなかった。

「私には、彼の協力は裏があるとしか思えないんです」

言われてみれば、おかしいところはある。だが、イブスキによって調査が進んだのは、間違いない事実だ。

楠木の困惑を察したのか、ノノミは自身を落ち着かせるように深呼吸した。

「すいません。確証があるわけでもないのに。言い過ぎました。でも、彼に頼るのは最後の手段にしませんか。一旦《いったん》、東京に戻るのはどうですか。向井くんが使っていたパソコンがあるんです。もしかしたらなにか残っているかもしれません」

楠木は椅子に背中をあずけ、目頭に手をやった。

「……少し考えさせてください」

「すいません。私、先走ってますね……」

うなだれるようにノノミは言った。

「いや、わかっています」

二人の間に長い沈黙が降りた。


互いに無言のまま、楠木がグラスを空け、ワインボトルに手をやったときだった。

「楠木さん。すいません。やっぱり、最後にひとつだけ言ってもいいですか」

沈黙を破ったのはノノミだった。

視線を上げると、大きな口を一文字に結び、楠木を見つめていた。

「ええ」

その真摯《しんし》な表情を、楠木は見返した。

「私も楠木さんも、幻想の彼と幻想の奥さんを忘れるべきだと思います。私たちが追っているのはきっと、私たちが知っている人ではありません」

泣き笑いのような顔だった。

その表情に、ノノミの覚悟が見えた気がした。

「もう一度、奥さんのことを考えてみてください。どんなささいなことでも。それが糸口になるかもしれない。報道局への確認、イブスキというヤクザ。私はそれよりも優先すべきことだと思います」

ボトルから手を離した楠木は、視線を落とした。

幻想の恵――。

確かにノノミの言う通りだった。

恵のことをなにひとつ知らない事実を、直視したくなかっただけ。

恵の正体は、ニケを奪い逃げた小野上カナコ。

すべては恵が知っている。

ふいに手が伸びてきた。

テーブルの楠木の手の上に、ノノミはその華奢《きゃしゃ》な手を重ねた。

「お願いします。奥さんと出会ってから今日までを、ゆっくりとたどってみてください。きっと、きっとなにかがあるはずです」

手のひらを通して伝わる熱を感じながら、楠木はゆっくりと頷いた。

「わかりました」

真実の恵を求めて、ここまできた。

恵の闇を、正面から見据えなければならない。

それならもう一度、向き合ってみるしかない。

三

ノノミと別れ、楠木は夜更けの新発田市をさまよっていた。

バーを見つけて入る。

照度を極限まで落としたオーセンティックバー。カウンターに座り、楠木はウィスキーを舐《な》めながら、あらためて恵について考えた。

イブスキの語った洋館での小野上カナコは、楠木の知る恵とはあまりにもかけ離れていた。人は相手や目的により、言動も性格も大きく変えることができる。それはわかっているつもりだ。だが、どうしても呑み込めなかった。

ウィスキーを喉に流す。

今は身動きさえできなくなった恵の、在りし日の姿を蘇らせる。

勝ち気そうな一重の目と、矛盾して見えた博愛性。

恵とは、アクアリウムリース会社の「プテラ」で出会った。

当時の楠木はひとりで会社を立ち上げたばかり。ウェブサイト作成を請け負うフリーランスで、営業に必死だった。やっとのことで仕事をもらった手作り家具店のオーナーから、店のインテリアに熱帯魚を入れたいと相談された。ウェブサイト作成とは関係ないが、楠木は店探しを快諾した。

金に糸目はつけない。景気のよかったオーナーの言葉にしたがい、楠木は店を探した。そこで高級アクアリウムをリースするプテラを見つけた。新宿にある展示店舗で、営業担当として対応したのが恵だった。恵は三十分かけて詳しく話を聞くと、端的に答えた。

「お断りさせていただきます」

「へ？」まさかの返答だった。

「うちのアクアリウムは、店のアクセントではなくメインでの運用を想定しております。そのため維持費が高額です。お客さまのお話ですと一年待たず、解約されると思います」

「いやいや。うちのクライアントは、金はかかってもいいって言ってるんですよ？」

正直言って、一年後に解約となろうが儲《もう》けが出れば、互いにいいだろうと思った。

「芯を外した契約は、お互い不幸になりますので」

「ええっ……？　先方にここのサンプルを見せて気に入ってくれてるんですよ。ええ？　マジですか？　ほんとに？　ちょっと、まいったな」

予想外の返答に、楠木は困り果てた。

恵はしばしば楠木の表情を見つめたあと、三つほどアクアリウムのリース会社を教えてくれた。

「どの会社も私が直接見て、費用に見合う品質だと判断したところです。紹介料をもらっているわけではないので、ご安心ください」

そう言われ、店から出された。

ほかに当てもない楠木は、紹介されたリース会社のひとつを訪ねた。デザイン性はプテラに劣《おと》るものの、費用も控えめで本当にいい会社だった。結果、オーナーも気に入ってくれた。恵に礼の電話をすると、「それはよかったです。それぞれに合った出会いが私どもの理念ですから」とだけ言われて終わった。

恵に興味を覚えた楠木は、再びプテラを訪れた。迷惑がられたが、それから暇があれば立ち寄った。根負けした恵が食事に応じてくれたことが交際の始まりだった。

のちに恵は、いたずらでもした子供のような顔で言った。

「言ったことは嘘じゃないけどね。でも印象を残して、次にプテラに合った客を紹介してくれる期待も込めてたよ」

最初は笑顔さえ固かった恵が、交際するうちに変わっていくのは楽しかった。

「啓蔵って、ちょっと不思議よね。なぜか助けてくれそうに思える。その雰囲気、商売では大事だからね。でも、なんでも顔に出るところはダメ。私は好きだけど」

満面の笑みで、恵は言っていた。

毎日が満ち足りていたと思う。未来もそうありたいと願い、二人は一緒になることを決めた。

楠木はグラスを傾けた。

あの恵はなんだったのだろう。戸籍を偽り、人格をも演じていたのか。そして楠木と結婚することによって、より深くその身を隠した。ブラトヴァを相手取り、殺しも厭《いと》わずニケを奪い、逃げ切った小野上カナコ。彼女ならそれも可能な気がした。

だが、カムフラージュとしてさえ、楠木はおぼつかなかったのだろう。

恵が後悔を湛《たた》えた顔で、楠木に言った最後の言葉を思い出す。

「なんでわたしは、――あなたを選んでしまったの」

偽りきっていた恵の、生死の境で出た本音。

楠木はグラスを持ったまま、石のように固まった。

だめだ。一度気分を変えよう。

思考を散らすように首を振り、スマートフォンを取り出す。

大して興味のないニュースを流し読む。ドイツ大統領の国賓訪日、現実味を帯びてきた解散総選挙――。

そして気づいたときには、事件動画の再生ボタンを押していた。

ざらついた感情の中、ローマンフィンガーカウンティングを使いカメラに向かってIDとPWを伝える向井始の姿を見つめた。この笑顔は挑発ではなかったということだ。恵から情報を手に入れた喜びだろうか。

自身をいたぶるように、動画を凝視し続けた。

パキスタン人たちが向井に摑みかかろうとする。直後、向井は恵の首にナイフをあてる。直後、遠目からもわかる度を越した鮮血。

楠木は無意識に握りこぶしを作った。

向井はパキスタン人たちに髪や服を摑まれる。もみ合いながら後ろに押され、ベランダと掃き出し窓の段差に足を取られ、室内に倒れ込む。

仰向けになった向井。パキスタン人たちは拘束しようと、寄ってたかって向井に圧《お》し掛かる。向井の動きが止まり、ベランダに投げ出された足が痙攣し始める。

その横には、血に濡れたうつろな恵の顔。

アルコールに痺れた脳で見つめた。自身の精神を根から削るように、恵が刺され倒れ込むシーンを繰り返し再生した。思わず自嘲の笑いが出たときだった。

目を細めた楠木は動画を止めた。

画面の照度を上げ、一点を見つめる。

「これは……」

我に返ったようにバッグを引き寄せ、ノートパソコンを取り出した。

ノートパソコンに同じシーンを表示させ、その前後を繰り返し再生する。

恵が倒れている。その奥で、部屋の中で数人から体重をかけられて拘束される向井。ベランダに残った向井の足は痙攣している。日差しのコントラストが強く、暗い部屋に入った上半身はよく見えない。ただ、人と人の間から向井の肘《ひじ》のあたりだけが暗がりに見える。肘も痙攣していた。

その肘をじっと見つめながら楠木はつぶやいた。

「痙攣じゃない？」

ほかの局の映像も確認するが、どれも暗がりではっきりとわからない。

楠木は仕事で使っている映像編集ソフトを起動し、照度調整をかけた。

おぼろげだが、少し見えるようになった。

動画をスローで再生する。

向井の肘、前腕の筋《すじ》の陰影が微かに動いている。

筋の動きは、反復的な動きではなかった。

これは痙攣じゃない――、向井は自ら動かしている。

まさか、向井はローマンフィンガーカウンティングを続けていた？

楠木は向井の手に注目した。だが、完全に影に入っており、映像編集ソフトをどれだけ調整しても、暗闇の手の動きを読み取ることはできなかった。

どうにかして――。

「もう一杯、いかがですか」

顔を上げると、微笑した年配のバーテンダーが目の前に立っていた。

「よろしければ、葉巻のご用意もあります。落ち着けるかもしれません」

よほど顔に出ていたのだろう。楠木はバツが悪く、笑って答えた。

「そうですね。両方頼みます」

バーテンダーに吸い口をカットしてもらい、葉巻を受け取る。

渡された長いマッチ棒に火をつけ、葉巻の先を丹念に炙った。葉先が紅《あか》く変わっていく様を見つめる。その手間に落ち着くと言っていた、イブスキの言葉が妙に腑に落ちた。

優しく煙を吸いあげ、口内でじっくりと煙を味わった。

久しぶりのニコチンの感覚に浸りながら、楠木は思考を巡らせた。

前腕の筋の微細な動きだけで、手の動きを読み取ることは可能なのだろうか。

楠木は左のシャツをめくり、前腕を出した。ローマンフィンガーカウンティングで使う、数字の形をいくつかまねてみる。人差し指と中指をそれぞれ動かしてみた。すると動かした際の前腕の筋の動きが違っていて、それぞれ見分けることができた。だが、ローマンフィンガーカウンティングは指先の曲げ方を微妙に変えることで、1~99の数字を表現する。試してみたが、その細かい動きを前腕から読み取るのは、とてもできそうになかった。

灰皿に置いた葉巻を取り上げ、楠木は煙に目を細めた。

前腕の筋からの読み取りについては、一旦保留する。

ほかのアプローチを思索しながら、ウィスキーを喉に流した。

舌で煙を転がすうち、思い出したことがあった。

用心棒まがいの時代。クラブのホステスの自宅が空き巣にあったことがあった。盗《と》られたのはアクセサリーに、下着と現金。アクセサリーだけはあきらめきれない。そうホステスは言った。盗られたアクセサリーの中に、母親の形見があるとのことだった。警察が来て、指紋採取などをしてくれたが、それ以上の捜査をしてくれるわけではなかったという。

ホステスは店の稼ぎ頭だった。オーナーから多少の出費はかまわないので、調べてやってくれと言われ、楠木は請け負った。

マンション住まいの彼女は、自前で玄関に防犯カメラを設置していた。カメラには、侵入者の動画が残っていた。だが映像は不鮮明で、帽子をかぶった体格のいい男ということくらいしかわからない。ただ、男が鍵を使い部屋の中に入っていることは確認できた。楠木は、彼女の部屋の合い鍵を作ることが可能だった人間を洗っていった。だが、怪しい人物を見つけることはできなかった。

あきらめなかった楠木は、二ヵ月かけて犯人を見つけ出した。さんざん調べて最終的に特定の決め手になったのは、不鮮明な防犯カメラの画像解析だった。

楠木はバーテンダーに断って店を出ると、電話をかけた。

「はい」

「やっぱり起きてた」

「え？」

「目黒《めぐろ》さん。楠木です」

「誰？」

「ホステスの空き巣の件、覚えてませんか」

「……元カレの知り合いが犯人だったやつ？」

「そうそう。元カレが知り合いに合い鍵を売っていた一件ですよ」

「あの解析は覚えてる。思い出したよ。なんでも屋の楠木さん」

「今は違いますけどね」

電話の相手は、かつて法科学鑑定を専門とする会社で働いていた目黒という男だった。凝《こ》り性《しょう》な上に会社勤めには向いていない性格で、今は独立してフリーでやっている。当時、噂をたどって探し出し、画像解析を依頼した相手だった。

「で、急ぎの案件なんですけど、お願いできますか」

「暇だし、いいよ」

「今すぐいけます？」

「今？」

「ええ、明日でも明後日《あさって》でもなく、今、なんですけど」

笑い声が聞こえ「オーケー」と返ってきた。


葉巻を二本灰にし、そろそろ日付が変わろうかというころだった。

折り返しの電話が鳴り、楠木はバーから出た。

「どうでした？」

「ご希望通り。指の動きが読めるくらいまで調整をかけた。これって手話？」

「まぁ——」

にごすと、目黒が呆れたように笑って言った。

「その感じじゃ、変なのに首突っ込んでるんだろ。いいよ。今度話してくれるんなら、タダでいい。酒持参で」

「わかりました。全部終わったら話しに行きますから」

バーに戻った楠木は、パソコンを開いた。

届いている解析動画データを再生する。

動画は、今際《いまわ》の向井の手をクローズアップしてあった。楠木ではまったく見ることのできなかった、あの暗闇が見事に調整されている。十分に手の動きが読み取れるレベルになっていた。

そして、予想は当たっていた。

向井は、死の際で送っていた。

ローマンフィンガーカウンティングを。

楠木は深呼吸して自身を落ち着かせた。

対応表を取り出す。そして動画をスロー再生し、向井の手の動きが示す単語を、ひとつずつ読み取っていった。


興奮した状態で、楠木はホテルへ駆け戻った。

向かったのは自分の部屋ではなく、ノノミの部屋。

チャイムを鳴らす。

「はい？」

ドア越しに返事が聞こえた。

「ノノミさん。楠木です」

ドアが少しだけ開き、チェーン越しにノノミが顔を見せた。

「楠木さん。どうしたんですか」

「見つけたんです」

「見つけたって、なにをです？」

「ＩＤとＰＷ。そのあとに彼が伝えていた言葉です」

「え？」

チェーンを外す音と共にドアが開いた。バスタオルを首にかけただけの、上半身裸体のノノミの姿が目に入る。シャワー上がりだったようだ。

「あ、すいません」

「あ」

楠木の謝罪で気づいたようで、ノノミはバスタオルを胸元に巻きなおしながら言った。

「こちらこそ、すいません。入ってください。そんなことより、本当に？」

「ええ」

発見の興奮を取り戻した楠木は、部屋に入りながらパソコンを取り出した。

ベッド脇の小さなテーブルでパソコンを開く。

「向井くんはローマンフィンガーカウンティングでＩＤとＰＷを伝えたあと、押し倒された。その後もローマンフィンガーカウンティングを続けていたんです。暗すぎて見えなかったんですが、動画解析を依頼してわかりました」

ノノミは呆けたような顔で話を聞いていたが、笑みを見せた。

「――それで、なんだったんですか」

楠木はパソコンを操作する。

「向井くんは、なんと言っていたんです？」

重ねて聞いてくるノノミを制し、動画を再生した。

「このローマンフィンガーカウンティングを対応表に当てはめました」

食い入るように動画を見つめるノノミに言った。

「ヤマグチです」

「ヤマグチ？」

「そうです。彼がローマンフィンガーカウンティングで伝えていたのは、ヤマグチという言葉だったんです」

ノノミの視線が記憶をたどるように動く。

「人の名前、あるいは地名。それともまったく別の意味があるのか。なにかわかることはありませんか」

楠木に思い当たることはなかった。

ノノミがふいに立ち上がった。その時、ノノミのつけていたタオルが落ちた。

再び彼女の細い裸体と乳房があらわになり、楠木は目をそらした。

「ごめんなさい」

ノノミはタオルを拾いあげ、裸体を隠すと首を振った。

「ぱっと思いつくことはありません。ヤマグチという名前も聞いたことがないと思います。

……あの、服を着てきます」

「ええ」

洗面所へ入っていくノノミの背中を、楠木は茫然と凝視した。

混乱したように顔に手をやった。

あれは？　なんだ？

いや、考えすぎだ。

だが、万が一――。

つかの間、黙考した楠木は自分のバッグから取り出した。

プラスチック製の薄い板。消しゴムを薄くスライスしたくらいの大きさしかない。それをノノミのバッグの、使っていないポケットに滑《すべ》り込ませた。


自分の部屋へ戻ってきた楠木は、ベッドの端に腰を下ろした。

ノノミは、ヤマグチという言葉に思い当たるものはないと言っていた。いくつか予想されるものを出し合ってみたが、手がかりになりそうなものは出てこなかった。

ベッドに入り、ヘッドボードに寄りかかる。

楠木は目に灼きついたノノミの裸体を思い出していた。

あれは――。

彼女のくびれた腰。

その右下腹部には、火傷のような痕があった。

円形で皮膚がわずかに引き攣《つ》れた痕。

それは、イブスキの腰の銃創と酷似していた。

単なる火傷なのだろうか。

それとも――。

だめだ。

楠木はそこでやめた。
恵のことがあって疑心暗鬼になりすぎている。保険は打った。今は信じて待つべきだ。
自身を納得させた楠木は、ナイトパネルに手を伸ばし部屋の明かりを落とした。

四章

一

砕《くだ》けるようにベッドに腰を落とした。

ホテルのフロントから、部屋に戻ってきたところだった。

朝陽《あさひ》に照らされ延々と続く水田を、楠木は茫然と見つめた。

額に手をやり、肚の底から吐き出す。

「マジかよ――」

ノノミが消えていた。

フロントの話では、夜明け前にチェックアウトしたという。急用などで焦っている様子もなかったそうだ。

電話にも出ない。

ぐるぐると思考が転げ落ちていく。

ノノミは何者なのか。

まさか襲撃の夜、洋館にいたのか？

仰向けになり、楠木は天井を見る。

なぜノノミは自分に近づいた？　向井やニケの情報をあれほど与えた理由は？　なぜ自分をサポートした？

沈思した楠木は、つぶやいた。

「……まさか」

ノノミの目的は、向井が伝え損《そこ》ねた言葉。

ヤマグチ――。

思えばノノミは何度も、楠木に恵について考えさせた。

そして洋館でノノミが見つけた、ローマンフィンガーカウンティングの本。イブスキに洋館で見つけたと伝えたとき、腑に落ちない顔をしていた。確かに壁にめり込んだ銃弾まで回収していたブラトヴァが、あの本を見逃したとは考えにくい。本から銃弾だけ取り除いて置いていったというのも不自然だった。

幽霊屋敷としても有名だった洋館には、何人もの人間が訪れているはずだ。置かれていた場所からして、誰も気づかなかったのもおかしい。そして五年も湿気《しっけ》にまみれた廃墟にあったにしては、状態がよすぎた。

あれは、ノノミが仕込んだ？

楠木と別れたあと、前日に仕込むことは可能だった。

楠木は目を細めた。

ノノミがローマンフィンガーカウンティングを最初から知っていたとすれば。

向井から送られたＩＤとＰＷ。パラースとステュクスも最初から知っていた。

だが、向井が取り押さえられたことで、ローマンフィンガーカウンティングは途切れた。そして向井は死亡し、恵は植物状態となった結果、ＩＤとＰＷの使い道はわからなくなった。

ノノミは活路を探し求めた。

それが小野上カナコのカムフラージュに使われた楠木。

ノノミは楠木に近づいた。ニケを手に入れるために。

楠木は曲がりなりにも一緒に暮らしていた。小野上カナコからヒントとなりえるものを、意識はしていなくとも知っている可能性があった。妻の真実を求める楠木を、ＩＤとＰＷへたどり着かせ、記憶を揺さぶりその先のものを引き出そうとした。

そして、ノノミは成功した。

楠木から、向井が伝えたヤマグチという言葉を引き出した。

だとすれば。

ノノミは向井と行動を共にしていた。

それは交際相手ではなく、相棒として。

ならば、ノノミの正体は――。

蒼白《そうはく》になった顔で楠木は、ナイトテーブルのスマホに手を伸ばした。

「ああ、どうも楠木さん？　こんな早くに、どうされました？」

電話の相手は、イブスキだった。

「ひとつ聞きそびれたことがあるんです」

「はい？」

「彫刻師は、女性ですか」

「ああ、伝えていませんでしたか。そうです。女性です」

楠木は小さく歯を食いしばり、続けた。

「彫刻師も撃たれたと言いましたよね。どこを撃たれたんです？」

「私と同じです。腰のあたり」

確信と共に、楠木は目を閉じた。

「楠木さん？　一体どうしたんです？」

「え？　ええ……その通りです」

「彫刻師は、痩《や》せていて背が高い？」

察したらしいイブスキの声のトーンが変わった。

「黒目がちで、たれぎみの目。口は大きい」

「そうです。……まさか、彫刻師と会ったんですか」

「くそ……」

うなだれながら楠木は答えた。

「一緒に行動していたんです。向井の恋人だと言っていた」

だからだったのか。彫刻師であるノノミは、自分の顔を知るイブスキをはじめ洋館に関わる人間と会うわけにはいかなかった。それでヤクザを怖がるふりをした。

「年代測定などのニケの情報は、その女性から？」

「……そうです」

イブスキの嘆息が聞こえた。

「今も一緒なんですか」

「いや、姿を消しました」

「なにがあったんです？」

「ＩＤとＰＷの、使用先と思われるキーワードがわかったんです」

「え――、本当なんですか」

イブスキは心底驚いた声を出した。

「ええ」

「楠木さん。一体、キーワードとはなんなんです。サイト名のようなもの？　施設名ですか」

イブスキが矢継ぎ早に質問する。

「彫刻師は見当がついているようでしたか。いや、楠木さんは使い道がわかっているんですか」

「いえ、私にはわかりません――」

「私ならわかるかもしれません。これは急いだほうがいい」

前のめりに話を進めるイブスキに、楠木は訊ねた。

「……あなたも、ニケが欲しいんですか」

「なっ――」

絶句するのがわかった。

イブスキも信用するべきかわからなくなり、スマホから耳を離す。

電話を切ろうとすると、聞こえてきた。

「楠木さん、今の彫刻師はブラトヴァと組んでいる可能性があります。資金もない彫刻師がブラトヴァから逃げながら、小野上カナコを探せたとはとても思えない。追うにしても、あなたひとりでは――」

楠木は答えず、電話を切った。

誰かに頼るべきではない。

スマホのアプリを起動する。

画面に地図が表示され、しばらく待つと地図上にポイントが明滅した。

ノノミのバッグに入れたものは、小型GPS発信機だった。

二

新潟東港、太郎代《たろうだい》。

東港の西側に位置する工場地域の一画。

街灯ひとつない、長く黒い一本道。その路肩に車を停めた楠木は外に出た。

薄手のコートのボタンを首元まで留める。新潟の夜風は、十一月中旬とは思えないほど冷たかった。

目の前の金網を乗り越え、ずらりと並ぶ巨大なテトラポッドの上に登り立つ。岸に向かって規則正しく並べられた巨石の一群。闇の中、白く浮かび上がり延々と続くその数は、千は下らないように見える。

蒼暗《あおぐら》い空からは強い月光が注いでいた。海をまたいだ地平線の先には、蒼闇に煙を吐く煌々《こうこう》とした工場が広がっている。

スマホを出した楠木は、マップで現在地と目的地を確認し視線を向けた。

テトラポッド群の先に大型クレーンが一台。さらに先には、二階建てのプレハブ小屋がおぼろげに見えた。窓から明かりが小さく漏れている。

ノノミのバッグに仕込んだ、小型ＧＰＳ発信機が示している場所だった。

テトラポッドから下りた楠木は、白い森をかき分けるように、目的地へと向かい始めた。


テトラポッドの森を抜け出たとき、背中はびっしょりと濡れていた。

目の前には首が痛くなるような巨大クレーン。それを横目に進んでいくと、二階建てのプレハブが近づいてくる。プレハブにしては大きい。学校の教室が六つは入りそうだった。

人気はない。駐車されている車は一台。明かりがついているのは、二階の中央の窓だけ。

いけると踏んだ楠木は、プレハブに近づいた。

外壁に張り付き、身をかがめて一階の引き戸の窓に近づく。月明かりに照らされた室内は事務所という感じだった。ただ、日本語表記だけでなく、ロシア語のポスターや注意書きのようなものもある。

二階へ行くには、鉄骨の外階段を上がるしかないようだ。楠木は音を立てないように、四つん這いになって上がっていった。二階の外廊下を慎重に進み、目的地である二階中央の窓にたどり着く。光が漏れる引き戸の窓から中をのぞくと、一階と同じ事務所のような部屋が見えた。

その中に、事務机に腰かけた石川ノノミの姿があった。

対面にいるのは、三人の白人。おそらくロシア人。

楠木は、イブスキの言葉を思い出した。

「彫刻師はブラトヴァと組んでいる可能性があります」

三人のロシア人のうち、リーダーらしき男は背中を見せたまま、ノノミとノートパソコンを挟んでしゃべっていた。聞き耳を立てるが、海からの風の音もあって内容は聞きとれない。

なにをしゃべっている?

聞こえない会話を見つめていた楠木は、深呼吸して息を止めるとアルミサッシの端を摑んだ。

音がしないように、ゆっくりと引き戸を開けていく。

隙間からノノミの声が漏れてきた。

「すぐにって言ったって、どうやったって今は無理でしょう？　リスクが高すぎるわ。警察が引き上げてからよ」

なんの話だ？　楠木は耳を澄ます。

話し相手のロシア人のリーダーが応じる。日本語のようだが、片言で聞きとれなかった。

「そうね。確かにその間にイブスキと接触されるとまずい。電話でおびき出して、楠木を殺すのはどう？」

ノノミの提案に、ロシア人が短く頷くのがわかった。

俺を殺す？　楠木は無意識にサッシを握る手に力が入った。

その時、突風が吹いた。隙間から入り込んだ風が、甲高《かんだか》い音を立てる。

四人が同時に振り返った。

背を向けていたリーダーらしきロシア人と目が合う。

金髪の中年男性の顔には見覚えがあった。

神戸の博物館でこちらを見ていた男。

リーダーは楠木を認識すると、驚きと共に、宝くじでも当たったかのように破顔した。

嬉々《きき》として腰に手を伸ばす。

引き抜いたのが、拳銃だと気づくと同時だった。

閃光《せんこう》が瞬き、手前の鉛筆立てが爆《は》ぜた。

楠木はのけぞりながらも身体を反転させ、手と足を床についた。

乾いた音が連続する。

身をかがめたまま外廊下を走り、半ば転がるように一階へ駆け下りていく。

聞きなれない言葉と足音が二階から迫ってくる。

よろけながら走り出そうとすると、音圧が耳元をかすめた。

同時に、目の前の地面の砂利が水しぶきのように飛散する。

すくむ足に力を込め、楠木は走り出した。

死に物ぐるいでジグザグに動き、クレーンの陰に逃げ込んだ。直後、目の前でクレーンの軀《く》体《たい》に鉛弾がぶつかって音が弾ける。

心を劈る轟音《ごうおん》、連続する火花。

震える足を叩き、十五メートルほど先のテトラポッド群を見据えた。

「止まるなよ」

そうつぶやき、走り出す。

空気をつんざく音圧の中、テトラポッドの白い森へ飛び込んだ。

振り返ると、小さな閃光。

目の前のテトラポッドが砕け、飛沫《しぶ》いたコンクリート粉が上半身を白く染める。

目元の粉を振り払い、楠木はがむしゃらに進み続けた。

心臓が逆流する感覚を無視して、ひたすら前へ。

それでも追ってくる足音は、小さくなってはくれなかった。

そしてふいに、それは目の前に現れた。

漆黒の海——。

凍《こお》るような風にさらされ、さざ波を立てている。

左右は延々と続くテトラポッドの森。このまま逃げ続けてもどこかで射殺される。

迷っている暇はなかった。

楠木は大きく息を吸い込むと、まじないのように胸を一度、強く叩いた。

「さあ、飛べ」

かすれ声で自身へ叫ぶ。

そして楠木は、黒い海へその身を投げた。

三

どれくらい泳いだのだろう。

冷たく重い液体の中で、四肢の感覚がぼやけてきていた。

対岸はすぐのように見えるのに、足がつかない。

なぜ。

恐怖に押し殺されそうになりながら、鈍《にぶ》くなった足をばたつかせて前に進む。

もうどれくらい、そうしているのかわからない。

ふいに水底に足がついた。

バランスを崩しそうになった足に力を込め、なんとか立つ。

粘《ねば》るような足取りで進み、水辺から出た楠木は大の字に倒れ込んだ。

ざらついた呼吸に胸を上下させ、顎先を震わせる。

しだいに呼吸が落ち着いてきた。

スマホを出すと、着信履歴があった。

見知らぬ番号だったが、予想はついた。

楠木はふらつきながら立ち上がると、歩きながら折り返した。

出たのは予想した通りの相手だった。

「楠木さん、GPSには気づかなかったです。でもひとりは無謀でしたね」

ノノミの声が受話口から広がった。

「IDとPW。君は最初から知っていたんだな」

「その通りです。向井くんのローマンフィンガーカウンティングで。途中で彼が倒れてしまって、使う場所だけがわからなかったんです」

「だから私に近づいた」

「小野上カナコに利用されただけの、なにもない人だとあきらめかけていたんです。でも楠木さんは、最後に解き明かしてくれた」

「君が……、彫刻師だったとは」

ノノミのいたずらっぽい笑い声が聞こえた。

「君も同じなのか。ニケに取り憑かれたのか」

「……そうですね」

受話口越しに、ドアを開くような音と移動する足音が聞こえる。

「楠木さん、あなたは少し不思議な人ですね。私が人に興味を持つのはめずらしいんです。弟子にした向井くんくらいしかいなかったのに」

足音が止まった。

「楠木さん。少しだけ聞いてくれますか」

そう言うと、ノノミは話を始めた。

私の父も石工だったんです。イギリスの大聖堂の工房で働いていました。ですが、母の死をきっかけに日本へ戻ってきた。日本の片田舎《かたいなか》で、私は父の手ほどきを受けて育ちました。私には彫刻の才がありました。ですが一方で、創造力というものにまったくといいほど恵まれていなかったんです。オリジナルを何度作っても、満足するものができたことがありません。皮肉なことに、著名人の作品を模倣すれば父を超える腕があったにもかかわらず。哀《かな》しいほど私には、模倣の腕しかなかったんです。

私なりに戦いました。降りてこない創造の天使を求めて。血のにじむような十年を費やした末、私は自分を見限ったんです。きっかけは、出奔していた弟の借金の肩代わりでした。ブラトヴァに捕らわれた私は命じられるまま、贋作の世界へ身を落としました。

次々と送られてくる天才たちの真作。それを目の前に贋作をつくる。虚無感や渇望を完全に拭《ぬぐ》うことはできませんでしたが、それなりに満足した日々でした。借金を返し終えてからも、私は洋館にとどまることを選択しました。

模倣しかない私はこれでいい。そう思おうとしていたんです。

ですが、ニケを目にしたとき、すべては変わりました。

オリンピアのニケ。彼女だけは違っていたんです。

なにがここまで違うのか。ペイディアスの伝説なのか。ニケが背負う神話なのか。洋館に現れるまので数奇な物語なのか。はたまた、人と見まがうような黄金の肌か。女神であることを誇示する翼か。

すべてを見通すような蠱惑《こわく》的な目をした究極の芸術品が私を見つめ返した時、それは起こったのです。

どうあがいても湧いてくることがなかった創造の火花が、私の頭を駆け巡った。衝撃でした。焦がれ続けた創造の梯子《はしご》に手を架けた感覚。それに生まれて初めて触れたのですから。

その瞬間、私は贋作づくりから足を洗うと決めました。

ですが、すぐに残酷な現実に気づかされました。

信じられないことに、私の創造の火花はニケに見つめられたときにしか弾けなかったのです。

ニケがそばになければ、私はなにもできなかった。

ならば、そうすればいい。

私は決めたのです。

ニケを私のものにする。ニケと共に私だけの彫刻を作る。

私だけのものを。

それはまさに身を灼き尽くす衝動でした。

なにを引き換えにしてもかまわない。

心の底から、そう感じたんです。

そこまで話したノノミは、はっきりと言った。

「わかりますか、楠木さん。私です。私がニケを殺すんです」

「……ブラトヴァも裏切るつもりか」

「それは楠木さんには関係のない話です。そんなことより思うんです」

ノノミの声のトーンが微かに上がった。

「なぜでしょう。楠木さんには、私がニケと共に作り上げる彫刻を、そばで見ていてほしかった。不思議な気持ちです。ニケに出会わなければ、あなたと別の会い方をしていれば、私たちは悪くない関係になっていたのかもしれない。そう思うんです」

そこまで言うと、「でも――」とノノミの声が低く落ちる。

「そんな感情もニケに比べれば、ささいなものにすぎません。そしてあなたは、ニケを手に入れるための障害となる。楠木さん。すいませんが、あなたには死んでもらいます。どこへ行こうとブラトヴァが必ず見つけ出し、そして殺す」

二人の間に沈黙が降りた。

楠木は目を閉じ、答えた。

「……やってみろ」

「さようなら。楠木さん」

ノノミの通話が切れた。

楠木は蒼暗い空を見上げた。

寒風が全身を撫《な》で、冷え切った身体が身震いする。

握りしめたスマホが、みしりと音を立てた。

突き上げる感情にまかせ、楠木は低い唸り声をあげた。

流れ着いた岸辺から、歩き始めて十分。

楠木はゴルフコースらしき一帯を抜け、道路に出ていた。

逃げた方向はばれているだろう。ノノミとブラトヴァが、ここまで来ていてもおかしくはない。

暗闇を見回す。今のところ、あたりには車のヘッドライトも人影もなかった。

注意を払いながら、楠木は目の前のコンテナ置き場へ入っていった。

巨大なコンテナが、積み木のように積み重ねられている。

コンテナの取っ手に足をかけ、登り始めた。一番上の四段積みのコンテナの上まで登りきると、三階建て住居くらいの高さとなって遠くまで見渡せた。遠目に繁華街が見える。交通量もそこそこあるようだ。記憶では豊栄《とよさか》という街だった。

コンテナから降りた楠木は、見据えた街に向かって歩き出した。

濡れたシャツに震えながら、やるべきことを考える。

逃げるか。戦うか。

逃げるなら？

警察。こんな話を信じてくれるのか？

それともすべてを忘れ、見知らぬ場所へ？　あるいは海外？

いや、ブラトヴァの力は海外でこそ本領を発揮するだろう。

戦うなら?

ニケを横取る?

ノノミでもブラトヴァでもなく、俺が?

取り憑かれた者たちが群がるニケを、俺が掠《かす》め取る。

楠木は苦笑した。この上ない愚案だった。

だが、底昏《そこぐら》い悦楽があった。

身体の芯が熱を帯びる。

その愚案だけが、凍えた身体を燃やした。

ニケを——。

視線を上げた楠木は、淡い光を放つ街へ足を速めた。

四

到着した豊栄でタクシーに乗りこむと、振り返った強面《こわもて》の運転手が無言で楠木を見つめた。

全身が濡れていることに気づいたのだろう。

疲弊した楠木には余裕がなかった。

座席に深く座り、死んだ魚のような目で見返した。

運転手はあきらめたように前に向き直った。

「水道町まで。暖房きかせてください」

それだけ言って目を閉じた。

車に揺られながら、プレハブでのノノミの言葉を思い返す。

――すぐにって言ったって、どうやったって今は無理でしょう？　リスクが高すぎるわ。警察が引き上げてからよ。

あれはきっと、ニケの回収についての話だ。

『ヤマグチ』から、ノノミたちはニケのありかを突き止めたと考えていいだろう。だが、すぐにニケを手に入れられる状況ではないらしい。理由は不明だが、警察が関係しているようだった。

楠木は暖かくなってきた車内に、強張《こわば》った身体がほぐれていくのを感じながら思った。やってやる。

ニケにたどり着くためには、あの男を訪ねる必要があった。


到着したとき、夜中の一時を回っていた。

イブスキの家の窓には、まだ明かりが灯っていた。

楠木は門のインターフォンを押した。

しばらく待っていると、インターフォン越しに長いため息が聞こえた。

「無事でしたか」

安堵の声と共に、門の鍵が解錠された。

庭を抜けて玄関を開けると、前回と同じく車いすに座ったイブスキが待っていた。

応接室へ先導しながら、イブスキは言った。

「電話にも出てくれなくて、本当に心配していたんですよ」

「彫刻師を追っていたんです」

「追っていた？　居場所がわかっていたんですか」

「彼女のバッグにＧＰＳを」

イブスキは驚いた顔で楠木を見上げた。

「とりあえずシャワーを浴びてください。それでは風邪をひきます」

「そんなものしかなくて、申し訳ない」

イブスキは、上下ジャージ姿の楠木を見て言った。

昔、着ていたものなのだろう。白地に金のラインの入った派手なものだったが、濡れていなければなんでもよかった。

「いえ、ありがとうございます」

応接室のソファに腰かけると、イブスキは訊ねた。

「それで。なにがあったんです」

「あなたの忠告通りでした。彫刻師はブラトヴァらしきロシア人と一緒だった。東港の太郎代にある工事現場で、見つかった途端に発砲されて。なんとか逃げてきたんです」

「やはりブラトヴァと……」

車いすの背もたれに寄りかかったイブスキは、天井を仰いだ。

「彫刻師と向井くんは、あの夜の襲撃後に合流してニケを探し続けていたんでしょう。そして、どこかの時点でブラトヴァと交渉した。ニケを引き渡す条件で、資金や人員の援助を取りつけたんだと思います」

「多分、彼女は最終的にブラトヴァを裏切って、ニケを奪うつもりです」

「そう言っていたんですか」

「明言したわけではありませんが」

「彫刻師なら、ありえる話です」

イブスキは短くため息を吐いた。

「彫刻師は、私とイブスキさんが接触することを警戒していました」

楠木が言うと、イブスキはしばし沈思してから言った。

「……吸ってもいいですか」

「ええ。私もいいですか」

意外そうな顔でイブスキは頷くと、木箱を開いて葉巻を二本取り出した。道具を引き寄せて、吸い口をカットする。ターボライターで葉先をじっくりと炙り上げ、楠木に手渡した。もう一本を炙りながら、イブスキは言った。

「楠木さんが手に入れたキーワード。私が聞けば、きっと意味がわかるものなんでしょう」

イブスキはゆっくりと吸いあげ、吐き出すと言った。

「決めるのは、あなたです」

楠木は答えず、葉巻を吸いあげた。バーで吸ったものとは、比べものにならない芳香が鼻を抜けていく。じっくりと味わい、そして訊ねた。

「私は彫刻師とブラトヴァの会話を盗み聞きました。多分、彼らはニケのありかを突き止めています。ですが、すぐにニケを手に入れられる状況ではないようです。理由は不明ですが、警察が関係しているようでした」

「警察が？　では時間的猶予はあると？」

「ええ、多分」

線香花火のようにうつろに光る葉先を見つめながら、楠木は訊ねた。

「イブスキさん。あなたはニケのありかがわかったとして、どうしたいんです？」

立ちのぼる煙を見つめ、イブスキは言った。

「私も聞いておきたい。あなたこそ、どうしたいんです。あなたは妻に騙《だま》され、今度は彫刻師に騙された。どちらもニケが関わっている」

楠木は葉先を見つめたまま、答えなかった。

イブスキは続けた。

「ひとつ忠告をしておきます。ブラトヴァの関与がわかった今、先に進めば、あなたは殺される可能性が高い。すでに片足を棺桶《かんおけ》に突っ込んでいる」

「もう両足が浸《つ》かっていますよ」

楠木は笑った。

「それなら、どうするつもりです？」

「このまま殺されてやるつもりはありません」

イブスキは答えを待つように、葉巻に口をつけた。

楠木は答えた。

「ニケを殺す。そんなことはさせない。表に出してやるんです」

「存在を公にするということですか。うまくいっても殺されますよ」

「やらなくても同じです。死に怯《おび》えて生きることになる。それならあがきたいんです」

「ただでは死んでやらないと？」

楠木は答えなかった。

イブスキは黙然となった。

そして長い沈黙のあと、頷くと言った。

「いいでしょう。私もお手伝いします。かつて私は、ニケ殺しに加担しました。その罪滅ぼしをするチャンスが、奇《く》しくも巡ってきたんです」

楠木は、イブスキを見た。

ふっきれた、という顔ではなかった。イブスキ自身の命も危険になるのはあきらかだ。そこには緊張あるいは、恐れのようなものも見えた。だからこそ信用できるのかもしれない。なによりイブスキを信用しなければ、先へは進めなかった。

葉巻を灰皿に置いた楠木は、口にした。

「ヤマグチ。向井は最期にそう伝えていました」

「ヤマグチ？」イブスキは復唱した。

「ええ。わかりますか」

イブスキは視線を巡らせた。

「ぱっと思いつくものはありません。ですが……ちょっと調べてみます」

車いすを操作し、部屋の隅《すみ》のテーブルに移動した。

テーブルに置かれたノートパソコンを開くと楠木に言った。

「時間がかかると思います。少し身体を休めていてください」

カタカタとキーボードを叩く音を聞きながら、楠木は葉巻を手に取った。ソファに寄りかかると、鈍く重い疲労感が両肩にのしかかってくる。

半分目を閉じ、ゆっくりと葉巻を吸った。


どれくらいたっただろうか。

ぼんやりとしている間に、薄目に映る葉巻の半分近くが灰になっていた。

BGMのように聞こえていたキーボードの音が消えている。

灰が落ちそうだ。

ソファから背中を離したとき、目の前に誰かが立っているのに気づいた。

視線を上げる。

だが、即座に状況が理解できなかった。

それは、楠木を見下ろしていたのがイブスキだったからだ。

立っている、イブスキが、見下ろしていた。

混乱する楠木の左手に、イブスキの手が伸びる。

葉巻を取り上げ、灰皿でもみ消した。

「うまかったか。ダビドフのアニベルサリオだ。お前が吸えるものでも、吸っていいものでもない」

声音までが変わって聞こえた。

茫然と楠木が見上げる中、「ワイヤン」とイブスキが声をあげた。

ドアから大男が入ってくる。その男の顎先には傷があった。

そう認識した直後、こめかみに衝撃が走った。避ける間もなかった。

床に転がりながら思い出した。東京の事件で、向井を取り押さえていたパキスタン人の男たちのリーダーだったチャイニーズマフィア。警察から見せられた写真にあった顔だった。

這いつくばったところに、ブーツの先端が腹にめり込んだ。感電するような痛みに、くの字になる。

髪を鷲摑みにされ、身体を持ち上げられた。

手首をひねり上げられ、顎が上がって喉元があらわになった。ワイヤンが摑んだ髪から手を離し、腰からナイフを抜くのが見えた。

ワイヤンは無表情に、楠木の喉元にナイフをあてた。

冷たい感触に怖気《おぞけ》が走る。

楠木はナイフに手を伸ばそうとした。

間に合わないのは明白だった。

ナイフが首をスライドし始めたときだった。

「ワイヤン！」

苛立ったイブスキの声が弾けた。

「養生シートもなしで、ここで殺すつもりか。ここで？　俺の家で？　バカか？　正気か？

少しは考えろ」

イブスキは、もう一度「バカが」と吐き捨てた。


椅子に座らされ、楠木は後ろ手に縛られていた。

ひどく殴られたせいか、身体が熱を帯びてだるい。

イブスキは中腰で楠木に顔を近づけると、優しげな声で訊ねた。

「最期に話しておきたいことは？」

楠木は目に怒りを湛えながら訊ねた。

「足は、嘘だったのか」

イブスキは口角を上げる。

「撃たれたのは本当だ。だが俺は運がいいんだ。信用しやすかっただろ？」

「……お前は何者だ」

楠木は、イブスキの素性調査をしなかったことを後悔しながら聞いた。

「言っただろ。絶縁された極道で洋館の管理者だった。そこは嘘じゃない」

イブスキはそう言うと、脱ぎ始めた。

衣類を投げ捨てていく。

意図することがわからず、楠木は茫然と見上げていた。

鍛《きた》えていると思しき引き締まった上半身と、ブランケットに隠されていた盛り上がった太もも。派手なボクサーパンツ一丁になると、部屋から出ていった。

しばらくすると衣服一式を抱えて戻ってきた。無精ひげも剃《そ》りあげている。

薄い紫色のシャツに袖《そで》を通しながら、イブスキは言った。

「お前はよくやった。おかげで小野上カナコのファイルにたどり着けたんだからな」

太いチョークストライプの入った、ネイビーのスーツを身に着けていく。

それまでの地味なカーディガンからは想像もつかなかった。その姿は、今もイブスキが、現役のヤクザであることを誇示しているように見えた。

イブスキは、シャツの袖の出具合を確かめながら言った。

「さすがにお前には同情するよ。嘘で塗り固めた嫁に始まり、信じて行動を共にした彫刻師。そして最後は俺だ。関わる人間すべてに騙され、利用され、殺される。だが仕方がない。あれは一般人が関わるようなものじゃない。関われば――」

楠木を指さして笑った。

「お前みたいになる」

そして機嫌のよい顔でネクタイを締めていく。

「最高だ。間に合うんだからな。本気でお前を自由にしてやりたい」

サングラスをかけ、イブスキは顔を寄せた。

「だが、彫刻師のようなミスは犯さない」

楠木の肩をぽんぽんと二度、叩く。

「悪いなっ」

満面の笑み。肩に手を置いたまま言った。

「よく見ろ、楠木。俺だよ。お前でも、彫刻師でもない。俺が『ニケを殺す』んだ」

ワイヤンに顔を向ける。

「忙しくなる。こいつの処理は、お前ひとりでやっておけ」

そう言うとイブスキは、もう楠木を一瞥《いちべつ》さえせず部屋から出ていった。

ドアが閉まると同時だった。

ワイヤンの太い腕が、楠木の首に巻きついた。

五

揺れる感覚に意識を戻した。

目を開けると、コンビニ袋が口を開けているのが見える。

中に見えるのはスマホと財布。財布に札は入っていない。カード類も抜かれ、財布と一緒に散らばっている。その中にある免許証から、自分の財布だとわかった。

楠木は首を巡らせた。走る車の中。ミニバンの後部座席のようだった。両手、両足が縛られている。フロントガラス以外はスモークが貼られ、外の様子は見えない。

身体を起こすと、ワイヤンの大きな後頭部が見えた。運転しながら、中国語で独り言をつぶやいている。苛立っているようで、イブスキという言葉が何度か聞こえた。

フロントに目をやると、街灯のない道を走っていた。

ミニバンは山道に入っていく。

真っ暗な細い道を二十分ほど登った先で、車が停まった。

車から降りたワイヤンは、後部座席のスライドドアを開ける。

楠木の両足を縛っていた結束バンドを切った。

「降りろ」

片言で言ったワイヤンの手には、拳銃が握られていた。

楠木は両手を後ろ手に縛られたまま外に出た。

街灯ひとつなかったが、月光であたりの様子が見える。

切り拓かれた山林。材木や錆《さ》びついた車が並んでいる。

「後ろ、向く」

したがうと、両手を縛っていた結束バンドが切り落とされた。

驚いて振り返ると、ワイヤンは銃口を向けたまま言った。

「車の中、シャベル。穴掘れ」

シート下にシャベルが見えた。なにをさせるつもりかは明白だった。

楠木は振り返ると、首を大きく横に振った。

「早く」

楠木はしたがわなかった。

「早く」

楠木は怯えた顔で、なおも首を横に振り続けた。

ワイヤンの顔には、あきらかな苛立ちが見え始めた。

大声で威嚇《いかく》し、引き金を引く素振りを見せたが、撃ってくることはなかった。

殺してしまえば、墓穴を掘るのはワイヤンになる。

それを面倒がっているのは、あきらかだった。

「――勘弁してください」

楠木は拝むように両手をすり合わせ、泣き顔を作った。

「シャベル、取る」

声を荒らげるワイヤンに、楠木は首を横に振り続けた。

「おまえ」

ワイヤンは怒りを湛えた顔で近づいてきた。

拳銃を振り上げる。持ち手の底で殴りつけるつもりなのだろう。

大男のワイヤンは、あきらかに楠木を見くびっていた。

拳銃を振り下ろす直前。

楠木はワイヤンの鼻っ柱に、弾《はじ》くように左の拳を打ち込んだ。

軽いが、速い一発。

予想外の反撃に面喰らったワイヤンの身体が、一瞬硬直した。

身体が覚えているリズムで、楠木はワイヤンの顎先を渾身《こんしん》の右拳で打ち抜いた。

衝撃でワイヤンの脳が、上下に激しく揺さぶられる。

意識を断ち切られたワイヤンの身体は、前のめりに倒れ込んでいった。


海岸防災林を抜けた先、ミニバンのライトの先に堤防が見えた。

楠木はミニバンを停めた。

車を降りると、「網代浜《あじろはま》海水浴場」と書かれた看板が見えた。

十一月真夜中の海岸。人気はなく、波の音だけが続いている。

堤防に座り込み、大きく息を吐いた。

自分自身をゆっくりと観察する。

不思議なことに、今の楠木の内奥からこぼれ出しているのは、安堵でも恐怖でもなかった。

歓喜だ。

ふいに楠木は笑いだした。

しゃくるまで笑うと、口に残る血の味に気づいた。

ボクシングをやめて以来の感覚。かつて人生をかけた記憶が蘇る。

日本ランカーを相手にした多くは、泥臭い試合だった。どれだけ戦略を練り絞っても、判定に持ち込むのが精一杯だった。判定負け確実の土壇場。腫れた顔で、見定めた逆転の重いカウンターを放つ。勝率は三割以下。だが当たれば一撃で沈めた。血のにじむ思いで作り上げた、楠木の戦い方だった。あきらめの悪さだけで戦った。

また、あの感覚を思い出すことになるとは――。

死の恐怖は、今も麻痺したままだった。

もう戻りそうもない。

瞬発的ではない、肚の底に染《し》みだすような怒りが満ちていた。

楠木は気づいていた。

自分がこのまま、逃走を選択できるリアリストではないことを。

月明かりに浮かび上がる白波が、現れては消えていく。

楠木は半笑いで、夜が明けるまで移ろいを見つめ続けた。

六

彫刻師とイブスキに殺されかけた夜から、二日がたった。

朝の八時。ラジオが新潟の初雪を伝えている。

運転席から見回すと、粉雪がちらついていた。物憂《ものう》げに揺れ落ちる雪。目を奪われそうになった楠木は、ハンドルを握りなおし視線を戻した。

車庫に駐車された二台の保育園バス。ターゲットは運転手。

目的の一台が動きだし、楠木も車を出した。

新潟県上越《じょうえつ》市。新潟東港から車で二時間ほどの場所だった。

黄色い保育園バスは田舎道をゆっくりと走り、停車するたびに園児を乗せていった。

一時間近くかけ、二十人近くの園児を乗せたバスが保育園に戻ってきた。

園児と引率の保育士がバスを降りていく。運転席から手が出て、園児に振っているのが見えた。仕事を終えたバスは車庫へ戻る。運転手は指さしをしながら、座席を見回り始めた。

車を降りた楠木は、バスに近づいていく。

確認を終えた運転手が、降りてきたところで声をかけた。

「佐伯《さえき》さん」

運転手が顔を向けた。どっしりとした体形に、往年の俳優を思わせるはっきりとした二重の目。圭太によれば、五十五歳。三年前、初めて授かった子供をきっかけに、組から足を洗った変わり種。九谷組の元幹部だった。圭太が意地で見つけてくれた人物だった。

怪訝《けげん》な顔をした佐伯だったが、まだ瞼《まぶた》の腫れが引いていない楠木の顔を見て、察したように言った。

「悪いが今は堅気だ」

「私は、小野上カナコの夫です」

佐伯はわずかに目を細めた。

「イブスキ。あの男の兄貴分だったあなたに話を聞きたい」

「兄貴分じゃない。話すこともない」

先へ行こうとする佐伯の前に回り、頭を下げた。

「お願いします」

「やめろ」佐伯の声が低くなった。

楠木は、じっと佐伯を見据えた。

佐伯は動じた様子もなく言った。

「あんた、目つきが普通じゃないぞ」

「イブスキに殺されかけた」

佐伯を見つめたまま言った。

「災難だが、まだ生きてる。運がよかったな」

「あの男について知りたい」

佐伯はため息を吐いた。

「ひとつだけ忠告してやる。余計なことは考えるな。俺につきまとうな。なにも知らん」

楠木はなおも、見つめ続けた。

辟易《へきえき》とした顔で、短くため息を吐いた佐伯は顎をしゃくった。

「こっちへ来い」

車庫の奥に、待機所と書かれた小部屋があった。

ドアを開けた佐伯が靴を脱ぐ。

質素な三畳ほどの狭い和室。

「上がれ」

楠木が靴を脱ぎかけたとき、佐伯の両手が襟首に伸びた。

がっちりと絞め上げられ、ドアに背中を叩きつけられる。

佐伯の目つきが変わっていた。

「目的はなんだチンピラ。園の人間にもちょっかい出す気なら、死ぬ覚悟でやれよ。おい」

万力のような力で襟首を絞め上げられた。

楠木は両手を上げて無抵抗を示し、かすれ声で言った。

「俺は……妻の正体を知らなかった。妻が向井始に植物状態にされて調べ始め、初めて小野上カナコだと知った。ニケを奪って逃げた妻を、彫刻師と向井は探し、奪い返しにきたんだと。東京から新潟へ来て、洋館の存在を知り調べるうち、俺は彫刻師に殺されかけた。そしてイブスキにも殺されかけた」

佐伯は手を緩めると、微かに首をひねった。

「話がよくわからん。あんたを殺してなんになる？」

「ニケにつながる手がかりを知っている」

「手がかり？」

「ローマンフィンガーカウンティング。向井と彫刻師が使っていた手信号。知ってるだろう？」

佐伯は答えなかった。だが、その表情から知っていると確信した。楠木は続けた。

「向井は小野上カナコから、ニケのありかの情報を聞き出した。だがイブスキ配下のチャイニーズマフィアとパキスタン人に囲まれ、彫刻師に電話もできない状態となった。それで向井は報道カメラを利用した。ローマンフィンガーカウンティングを使い、カメラ越しに彫刻師にニケのありかを伝えようとしたんだ。だが、すべてを伝えきる前に殺された。その向井が伝え損ねたメッセージを、俺は突き止めた」

「あんたを殺すのは、口封じだと？」

「なにもわかっていなかった俺は、彫刻師にもイブスキにもメッセージを渡してしまった。両方が答えにたどり着いている。用済みになった俺は、情報の拡散を防ぐために殺されかけた」

今さら誰に隠しても意味はない。

手に入れるのがイブスキだろうが彫刻師だろうが、ニケは殺される。

「それで？　俺になにを聞きたい」

「イブスキ、彫刻師、向井始、小野上カナコ、洋館で起きたすべてだ」

「なんのために？」

「あいつらの好きにさせない」

「は？　やけっぱちにでもなってるのか」

「腹は煮えたぎってる。だが、頭はこのクソ寒い新潟なみだ」

佐伯は、微かに口元を緩めた。

「小野上カナコの夫だと、俺に信じさせるものはあるか。東京もん」

楠木が頷くと、佐伯は手を離した。

しばらく咳《せ》き込んだあと、出せるものはすべて出した。免許証、スマホに残る妻との写真、恵の名前であった別人の中学卒業アルバム。

合わせてこれまでの経緯を詳細に話すと、佐伯は言った。

「洋館を襲撃したのが小野上カナコ？　ニケを守れなかった落とし前でイブスキが絶縁されたって？」

「ああ」

佐伯はあきれたように笑った。

「なに言ってやがる。襲撃者を引き入れたのはイブスキだ」

「は？」

「イブスキが、武装した集団を洋館に引き入れたんだよ」

どこまで――。背中が逆立つ感覚があった。

「……ふざけやがって」

腹の底からつぶやいた。

楠木の表情を見ていた佐伯は舌打ちした。

「くそ、興味がわいちまった。いいだろう。話を聞いてやる」

「あんたも話してくれるのか」

「少なくとも事実でないところは訂正してやる」

棚からバッグを取り出した佐伯は言った。

「そろそろ同僚が帰ってくる。外だ」


訪れたのは近くの喫茶店だった。

「奥、空いてる？」

店員が頷くと、半個室のようなボックス席に入った。

コーヒーを頼み、佐伯は言った。

「話してやる前に、はっきりさせておきたい」

「なんだ?」

楠木は聞き返した。頭のどこかの線が切れたのだろうか。敬語を使う気がしなかった。

「お前は三度も騙されてるんだよな。俺の話を信用できるのか。あるいはしてもいいのか」

「あんたは、あいつらとはひとつだけ違うところがある」

佐伯は首をひねった。

「俺の意思で近づいた。あんたが俺に興味があったわけじゃない。昨日から観察させてもらったよ。本当にヤクザから足を洗ってる」

仕事は園児の送迎と園内の設備管理。手抜きどころか、園児がケガをしないために園庭の小石を数時間かけて丁寧に拾う姿を見ていた。

「だからといって嘘をつかないとでも? イブスキと繋がっているかもしれない」

「繋がっているなら、今の仕事は続かない」

佐伯が鼻で笑った。

「時間がないんだ。俺はニケのありかにたどり着きたい。もしあんたが嘘をついていたなら、それなりの代償を払ってもらう。嘘をつくならそのつもりでつくか、言えないなら答えるな」

「脅すつもりか。元でもヤクザを」

細くなった佐伯の目に、ため息で返した。

「今さら、なににビビれって言うんだ」

佐伯は声をあげて笑った。

「で、要するにお前がやりたいことはなんだ？　騙されたことに腹が立ってしょうがないから一泡吹かせたい。それに命を張ると決めたってことか？　本当なら本物のバカだろ」

「なんとでも言え。かけがえのない日々だと思っていた、そのすべては嘘だった。さらには会ったばかりのやつらに、いいように騙され、嬲《なぶ》られ、殺されかけた。この煮え湯だけは、たとえ一滴でも、返してやらなきゃ気が済まない」

そして楠木は佐伯を睨み、はっきりと言った。

「俺が、ニケをもらう」

佐伯は肩を揺らした。

「ニケを奪うって？　ブラトヴァのものを？」

「なに言ってる？　あれはあいつらのものじゃない」

「お待たせしました」

店員がコーヒーを二人の前に置いていく。

砂糖とミルクを三つずつ入れながら、佐伯は苦笑して言った。

「なにもかも奪われたやつってのは怖いよな。だから人を追い詰めるときには、必ず逃げ道を用意してやらないとだめなんだ。イブスキは昔からそこがわかっていなかった」

カーキ色に変わったコーヒーを、うまそうに飲んだ。

「楽しくなってきた。お前、生きてたらまた会いに来るか？　酒を持ってこい。約束するなら俺の腹のもの、全部見せてやる」

楠木はため息を吐いた。

「世の中は暇人が多いよな。あんたで二人目だ。約束するよ。生きていたら、あんたに会いにいく」

佐伯は満足げに大きく頷いた。

「よーし。なにが聞きたい」

「まずはさっきの話だ。イブスキが襲撃したやつらを引き入れたと言ったよな。その経緯を話してくれ」

「その前に、お前がイブスキから聞かされた話は、いろいろと嘘が混じっている。そこをすっきりさせてやる」

「頼む」

「いいか。彫刻師と向井が対立していたのは、小野上カナコじゃない。小野上カナコは洋館では事務的な話以外、一切しなかった。客対応をしない彫刻師と向井を、見かけたことがあったのかも微妙なところだ」

「それなら彫刻師たちと対立していたのは？」

「イブスキだ」

「……なら向井の腕と足をめった刺しにしたのは？」

「イブスキだよ」

「あのクソ野郎」

楠木は顎先を震えさせた。

「手ひどく騙されたな」

「どういう経緯でイブスキは向井を襲ったんだ？　イブスキは俺に、小野上カナコが向井を襲った理由を、彫刻師と向井が結託してニケを盗もうとしている証拠を見つけたから、と言っていた」

「似たようなものだ。ニケが来て半年くらいか。彫刻師と向井が結託し、ニケを盗もうとしている疑いがある。そうイブスキが言い出した。面倒が起こると困るんでな。話を聞いてから俺は、暇をみては洋館に顔を出すようになった。確かに俺も彫刻師と向井のニケへの熱は異様だと感じたよ」

「本当に盗もうとしていたと？」

「実際のところはわからん。欲望と実行の間には、大きな壁があるからな」

「だが、イブスキも疑わしいってだけで、向井を刺したわけじゃないよな？」

「さすがにな。お前が言っていた本だよ。ローマンフィンガーカウンティング。それを暗号のように使って二人はやりとりをしているってな。解読法を書き込んだその本を、向井が渡さなかったから刺したと言っていた」

「あの本を」

「イブスキは向井の腕や足を刺しまくって本を取り上げたんだ。だが直後に、仕事場から戻ってきた彫刻師に本を奪い返されたと言っていた。それでやっぱり、あの本が証拠だと」

「イブスキは、彫刻師には手を出さなかったのか」

「ブラトヴァの金の卵を生む鶏だぞ。あいつはバカじゃない」

「その一件はどう処理された？」

「まずは彫刻師がブラトヴァから尋問を受けた。もちろん盗む気など毛頭ないと答えた。逆にイブスキに怯えていたと訴えた。特に向井の扱いはひどく、彫刻師と会話することさえも禁止されたと。彫刻師が大丈夫だと言っても、向井は怖がって話さなくなり、仕方なくローマンフィンガーカウンティングでやりとりを始めたと反論した。それが原因で彫刻師は精神的にまいり、ニケの贋作づくりの遅延にも繋がっていると訴えた」

「会話を禁止したのは、事実なのか」

「わからん。ただ洋館のほかの人間も、二人が会話するのを目にしなくなっていたというのは事実だ。俺も見たことはなかった。だが、イブスキが禁止したのか、自分たちからローマンフィンガーカウンティングに変えたのかはわからない。ま、俺からすれば、どっちもどっちだ。ニケが来てから、あの二人にしろイブスキにしろ、まともじゃなかった」

「ニケに取り憑かれていた？」

「そうだ」

「イブスキもなのか」

「違った意味でな」

「違うとは？」

「イブスキが執着していたのはニケそのものじゃない。ニケの持つ桁外れの価値だ。くすぶっていた欲望に火がついたのかもな」

「イブスキは、どんなやつなんだ？」

流れるように嘘をつく、チョークストライプスーツ姿のイブスキの顔が浮かんだ。

「そうだな……」

佐伯はコーヒーを口にしてから続けた。

「派手好きで大口叩き。同時に、九谷組にはもったいないほどの能力があった。シノギの力が図抜けてたんだ。それで若くして若頭補佐になった。だが悲しいかな、九谷組は古い組だった。金稼ぎと同じくらい、任侠《にんきょう》を重んじるところがあってな。イブスキは常に不満を抱えていた。あいつの欲望は九谷組じゃ小さすぎた。結局、組への不満を訴えて疎まれ、ブラトヴァの使い走りみたいな洋館の管理人にされちまった」

「そこに規格外のニケが持ち込まれて、イブスキの欲望に火がついたと？」

「かもしれん。目の色を変えて美術界の現状を学び、ロシア語を学び、ブラトヴァの盗難アートの販売経路などを詳細に把握しようとしていた」

確かにニケの美術品としての価値をイブスキはよく知っていた。

「それで。向井を刺した一件について、ブラトヴァの判断は？」

「即決だよ。イブスキの追放。三日で引き継ぎして出ていけと」

「要は、イブスキは自分のしたことを、すべて小野上カナコにかぶせて俺に話したってことか？」

「そういうことだ」

唾《つば》を吐いてやりたい気分だった。

「洋館への襲撃を手引きしたのも、イブスキだと言ったよな」

「ああ」

「それなら、なんで小野上カナコがニケを手に入れたんだ？　意味がわからない」

「あれも、まともじゃなかったからな」

言ってから気づいたのか、佐伯は小指でこめかみを掻いた。

「もう驚く神経はない。率直に話してくれ」

「わかった。襲撃があったのは、イブスキが洋館の管理人として最終日の夜だった。襲撃したのは、イブスキが引き入れたチャイニーズマフィアとパキスタン人」

「東京のマンションで向井を殺した構成と同じ？」

「そうだな。だが襲撃は失敗した」

「なにがあった？」

「襲撃中に、さらに襲撃があったんだ」

「え？」

「小野上カナコが、近くにコリアンマフィアを潜ませていた。イブスキの襲撃から、数分もしないうちに洋館になだれ込んできたらしい」

「どういうことなんだ」

「わからん。イブスキの襲撃を予測していたのか、あるいは小野上カナコも偶然、襲撃を企てていたのか。結果として、コリアンマフィアを率いた小野上カナコが、洋館を制圧した。そしてニケと共に消えた」

「あんたは、どう思ってるんだ？」

「小野上カナコは、前もって小野上家から四億円相当の金や現金を持ち出していた。ニケを奪うつもりだったのは間違いないだろう」

「……あんたから見た、小野上カナコはどんな人間だった？」

佐伯は視線を上げた。本当に聞きたいのか？　その目は言っていた。

小野上カナコはニケを奪うつもりだった。それを聞いたときの、楠木の微かな狼狽《ろうばい》を見逃さなかったのだろう。

楠木は自分に苛立ちながら答えた。

「言ってくれ。あからさまな悪人のほうがすっきりするさ」

佐伯は小さく笑い、頷いた。

「小野上カナコは、元々住む世界の違う人間だ。洋館で見かけはしたが、話したことはない。だが俺には爆弾みたいに見えた。下手にさわれば即爆発のな」

楠木は頷いてみせた。思ったより肚にくる。

「残念ながらあんたの奥さん、小野上カナコも彫刻師たちと同じだろう。何時間もニケを見つめている背中を見かけたよ」

「そうか」

楠木は再び顔をもたげた狼狽を呑み込み、訊ねた。

「わからないことがある」

「小野上カナコのことで？」

「いや、イブスキだ。失敗したが、イブスキが襲撃の手助けをしたのは間違いないんだよな？」

「ああ」

「ならば、なぜイブスキは今も生きている？　ニケを盗もうとしたんだ。組だけじゃなく、ブラトヴァも裏切ったってことだろ。それが絶縁だけで済んだ理由はなんだ？　ブラトヴァは寛容なのか？　俺には問答無用で撃ってきたやつらが」

「俺の知る限り、イブスキは唯一の例外だ」

「なぜだ？」

楠木は苛立った声をあげた。

「話してやるから、自分で判断しろ」

睨むように見つめる楠木に、佐伯はあきれ顔で続けた。

「ニケが奪われたとわかったのは、負傷した彫刻師が九谷組と通じている病院に運び込まれたからだ。向井が連れてきたらしいが消えていた。洋館に急行した組員が、撃たれて倒れているイブスキや用心棒たちを発見した。そしてニケが消えていることに気づいた。怒り狂ったブラトヴァ幹部の指示の下、俺たち九谷組も調べを進めた。まずは洋館に設置していた四台の監視カメラを確認したが、すべてが止められていた」

「イブスキが引き込んだ決定的な証拠がなかったから、逃げ切れたとでも？」

佐伯は首を横に振った。

「イブスキが手引きしたとわかったのは状況証拠からじゃない。重傷ながら、用心棒のひとりに息があった。三日後には死んじまったが、それで洋館での出来事がわかった。イブスキが、チャイニーズマフィアとパキスタン人たちを引き入れて洋館を襲撃したんだとな。そいつらが九谷組の若い衆と用心棒、彫刻師と向井の全員を撃ったそうだ。そしてイブスキがニケの梱包を指示しているところに、別の集団が襲撃してきたと」

「それが小野上カナコだと？」

「そうだ。小野上カナコが率いた集団がイブスキたちを襲った。チャイニーズマフィアとパキスタン人たちは銃撃され、イブスキもその時に撃たれたんだ」

「用心棒の証言の信頼性は？」

「傷の状態から、長くないことは自分でもわかっていただろう。嘘をつく理由はない。洋館の惨状からしても、二つの集団の間で銃撃戦が起こったのは間違いない」

楠木は顎に手をやり、訊ねた。

「イブスキの実家は、かなりの資産家なのか」

佐伯は首を横に振った。

「言いたいことはわかる。変だよな。イブスキを首謀者だとすると、大きな矛盾に突きあたる」

「ああ。誰が金を出した？」

「そうだ。イブスキは小所帯の田舎ヤクザの一幹部にすぎない。チャイニーズマフィアとパキスタン人を雇える人脈と資金などあるはずがない」

「用心棒の証言に対して、イブスキはなんと答えたんだ？」

「拷問まがいの尋問を受けたが、口を割らなかった。襲撃の直前にチャイニーズマフィアと思しき男に拉致され、ヘロインを喰わされて意識朦朧《もうろう》となり洋館へ連れていかれたと。そう繰り返した」

「その与太話をブラトヴァは信じたのか」

「いいや。用心棒にも確認したさ。ヘロインを喰わされた様子はなかったし、突入後、イブスキは明確な意思をもって襲撃を指揮していたってな。それでもブラトヴァはイブスキを不問にし、九谷組に処分をまかせたんだ」

「一体、どういうことなんだ？」

佐伯は、思い返すように視線を宙に放った。

「わからないんだよ。今考えても腑に落ちない。オヤジも驚いていた」

「なんなんだ、それ……」

「俺もイブスキにはバックがいるんじゃないかと考えたさ。だが、この新潟港で十分な資金力と情報力を持ち、ブラトヴァと敵対してまでニケを奪おうと考える組織が思い当たらない。少なくとも地元のヤクザじゃない」

佐伯は頭を左右に小さく振った。

「本当にブラトヴァのイブスキに対する処分は異様だった。まさか不問とは。青天《せいてん》の霹靂《へきれき》だ。ブラトヴァは本来、そんなぬるい組織じゃない。疑わしいなら処分する。にもかかわらず、黒に違いないイブスキを処分しなかったんだからな」

そう言うと佐伯は、不機嫌そうに椅子の背にもたれて黙然とした。

当時の不可解さと苛立ちを思い出したらしい。それが顔に出ていた。

「イブスキのバック……」

そうつぶやいた楠木は、イブスキの瀟洒《しょうしゃ》な一軒家を思い出した。

「絶縁されたイブスキが始めた居酒屋チェーンが、うまくいっている話を聞いたことはあるか」

「居酒屋？　いや、やっていることも知らない」

「東港の外国人相手に成功していると」

「東港で？　それはないいな」

「なぜ？」

「あの一件で、九谷組は東港絡みのシノギをごっそりと失った。その原因を作ったイブスキに、九谷組が東港で店を出すことを許すとは思えない」

「居酒屋は嘘だと？　だが、実際にイブスキは裕福そうな一軒家に住んでいた。生活に余裕があるのは間違いないと思う」

「いまだに金を出しているやつがいるとでもいうのか？　あいつはしくじったんだぞ」

楠木は視線を落とした。

ニケが奪われて五年たった今も、イブスキに資金提供し続ける経済力。

いや、違う。

楠木は否定した。

そんなバックが本当に存在するのなら、それはもう経済力の問題じゃない。

執念だ。あるいは妄執《もうしゅう》か。

その言葉が渦を巻き、頭の中で形を成していくものがあった。

ニケに対し、逸脱した執念と経済力を持ち合わせる人間。

俺は知っている——。

楠木の脳裏に、雷鳴が響いた。

そして、思いいたった。

「オリヴィアだ……」

「え？」佐伯が聞き返す。

「オリヴィア・ウォーレン。イブスキについているのは、クオールの経営者だ」

「なんの話だ？」

「クオールだよ。衣料品のブランド。知らないか。その経営者だ」

「クオールは知っている。そこら中にある服屋だろ？　その外国の経営者がなんだっていうんだ？」

「オリヴィア・ウォーレンだ」

「だから、そいつがなんだって聞いてるんだよ」

「ニケを手に入れる予定だった、トップアートコレクターだ」

「……本当なのか」

「イブスキは小野上カナコとブラトヴァ幹部のやりとりを、偶然耳にしたと言っていた」

「そういや……」

佐伯は思い出したように言った。

「ニケの贋作づくりが一向に進まなかった時期、真作の納品遅れを買い手が烈火のごとく怒っていると聞いたことがある。相手も相当な大物なんだろうと思った記憶がある……」

　楠木は推測を展開させていく。

「オリヴィアの関係者に、イブスキが密かに接触したとしたら？　イブスキの話を伝え聞いたオリヴィアは、いつまでたってもニケが手に入らない理由は、ブラトヴァの怠慢だと考えた。合わせて彫刻師たちの強奪計画の可能性も伝えられ、このままではニケが手に入らなくなるかもしれない。そうイブスキは煽《あお》ったのかもしれない」

「兵隊を用意してくれれば、俺が奪ってやるとでも？」

「ありえなくはないだろう？　オリヴィアはどれくらいの間、ニケのおあずけをくらっていたんだ？」

「一年以上だな」

「我慢の限界だったオリヴィアは、イブスキの話に乗った。だが強奪は失敗し、小野上カナコに横取りされた」

「なぜオリヴィアは、イブスキを切らなかった？」

「イブスキはニケを知り、小野上カナコを知り、日本の裏社会を知っている。ニケが日本にとどまった場合、イブスキに探させるのが効率的だと考えてもおかしくはない」

「だとしてもだ。ブラトヴァはなぜ、イブスキを処分しなかった？」

「オリヴィアだ」

「イブスキをかばったって？　糸を引いていたことを白状するようなものだろう」

「むしろブラトヴァが、イブスキの背後にオリヴィア・ウォーレンの存在を嗅ぎとった。いくら国際的マフィアのブラトヴァでも、裏社会にも通じた世界的企業、クオールの経営者を敵に回すとなれば、それなりのリスクを伴う。だからこそイブスキの処分を見送ったんだ」

佐伯が考え込む中、楠木は思考を広げ続けた。

「一方でブラトヴァも小野上カナコを探し続けた。そしてどこかの時点で、彫刻師と向井とも手を組んだ。二人はブラトヴァから金銭的な援助を受けながら、小野上カナコを探し続けた。そして五年の歳月をかけて、小野上カナコは尻尾《しっぽ》を摑まれた」

佐伯は大きくため息を吐いてみせた。

「お前の予想が事実だったとしても、俺にはわからない世界の話だ」

「同感だよ」

二人の間に、重い沈黙が流れた。

そこに佐伯のポケットからバイブ音が聞こえた。スマホを取り出すと佐伯は言った。

「地べたに戻る時間だ。嫁さんからお使いリストが来た。ほかに聞きたいことは？」

楠木は、しばらく考えてから答えた。

「いや。子供はいくつだ？」

「お前、そんなことまで調べたのかよ」

楠木が笑うと、佐伯はあきれたような顔で答えた。

「三歳だ」

「かわいいさかり、なんだろうな」

佐伯の顔が自然とほころぶ。緩やかな笑顔だった。

楠木は思った。人生がまた違っていたら、自分もこんな顔をすることがあったのだろうか。もう戻れることはない。いや、最初からなかったか。

「俺の話は、少しは役に立ちそうか」

楠木は両手を広げた。

「残念ながら」

佐伯は苦笑した。

「ただ」

「ただ、なんだよ？」

「靄が、少し晴れた」

佐伯は笑ったまま頷いた。

「このまま、ニケを殺させるって道もあるぞ。どちらかが手に入れれば、もうお前を処分する意味もない」

楠木が微笑で返すと、佐伯はため息を吐いた。

「生きてたら本当に会いに来い。お前がそのまま逃げたって話でもかまわない。そっちのほうが笑えて、いい肴《さかな》になる」

「きっと行く」

「それなら、ここはお前のおごりだ。次は俺がおごってやる」

立ち上がり、片手を上げて出ていこうとした佐伯の背中に声をかけた。

「もうひとつだけ、いいか」

「なんだ?」佐伯が振り返る。

「ヤマグチっていう言葉を聞いたことは? 重要な人物、あるいは人の名ではないかもしれない」

「それが、お前の知る手がかりってやつなのか」

楠木は頷いた。

佐伯は顎に手をやった。

しばらく眉間に皺を寄せていたが、あっけらかんと言った。

「悪いな。なーんも知らん」

七

車に戻った楠木は、朗らかな笑い声をあげた。

不思議な気分だった。一晩で二度も死にかけたあげく、見知らぬ元ヤクザとタメ口で話しているなど、一ヵ月前には思ってもみなかった。生きていれば、佐伯にまた会いたいと思った。

そこに携帯が鳴った。圭太だった。

「啓蔵さん、佐伯には会えましたか」

「さっきまで会ってた。助かった。今回は本当に頼ってばかりだな」

「なに言ってるんです。まだまだですよ。なんでも言ってくださいよ。マジで」

そう言った圭太は「あの」と少し言いづらそうな声を出した。

「なんだ、なにかあったのか？」

「いえ、ちょっと啓蔵さん、テンションが高い気がするから」

「そうか？　自分ではわからないけど」

「啓蔵さん」

「なんだよ？」

「今さらですけど、あの時、なんで啓蔵さんに電話したかわかります？」

「駆け出しのお前がトラブって、捕まったときのことか？」

「ええ」

「暇そうにでも見えたか」

「あの時、親しい人を何人思い浮かべても、とても助けてくれるとは思えなかったんですよ。上司にも見限られて終わったと思いました。でも、なんでかわかんないんですけど、仕事でしか付き合いなかった啓蔵さんが、頭に浮かんだんですよ」

「なんだそれ。お人よしそうに見えたってことか」

「あ、それ。それかもしんないです」

「ふざけんなよ」

楠木は苦笑した。

「でもだからこそですよ。俺だって啓蔵さんだけには、お人よしでいたいんです。啓蔵さんの役に立ちたいって思うんです」

圭太の声はかすれていた。

「だから、いいですか。自分の身を一番に考えてください。啓蔵さん、そういうとこあるから」

本当に心配してくれているようだった。

「……大丈夫だ、圭太。ありがとな。また連絡する」

楠木は嘘をついた。

電話を切った楠木は大きく息を吐き、頭を整理する。

やらずにはいられないことが、残っている。

イブスキに都合よく書き換えられていた、洋館の出来事の実際がわかった。だが、肝心の「ヤマグチ」についてはわからないままだ。

だが希望はある。楠木は二人の言葉を思い返す。

――どうやったって今は無理でしょう？　リスクが高すぎるわ。

――間に合うんだからな。本気でお前を自由にしてやりたい。

なんらかの事情で、ノノミもイブスキもすぐにニケを入手できる状態ではない。どれくらいかはわからないが、猶予がある。

さらにイブスキは言った。

――お前はよくやった。おかげで小野上カナコのファイルにたどり着けたんだからな。

ファイルということは、データである可能性が高い。ＩＤとＰＷを使ってアクセスした先にあるものなのだろう。

ニケを殺す。

あの二人はそう言った。彫刻師のバックにいるブラトヴァ。イブスキのバックにいるオリヴィア。どちらに転んでもニケは殺され、この世界から消える。

世界の七不思議に数えられるオリンピアのゼウス。多くの人間の夢をかきたててきたであろうゼウスの忘れ形見、オリンピアのニケ。

それが日本に存在し、今、殺されかけている。

楠木はつぶやいた。

「女神《あんた》は一体、どんな姿をしているんだ」

ニケに関わる人間すべてに、いいように扱われた屈辱。恵への言いようのない思い。千六百年を超える月日をかけて、やっと表に出かけたニケ。盗まれ、盗まれ、また盗まれて、闇へ消えようとしている。見たこともない黄金の彫刻に、楠木は親近感を覚えた。

それらの感情がないまぜになり、無性に腹が立った。

このまま終わらせはしない。

じっと前を見つめたまま、「ヤマグチ」について再考する。

ノノミもイブスキも、その言葉を聞けば思い当たるものだった。

だが佐伯には、思い当たるようなものではなかった。

佐伯にはなく、二人に共通するもの。

ニケに関する知識、古代ギリシアの美術全般にまつわる知識。あるいはギリシャ語。

ネットで検索しても出てはこない。

それは表層ではない、ギリシャの深層に存在する知識なのだろうか。

楠木は、東京で聞いた刑事の言葉を思い出していた。

――担当教授にも話を聞きましたが、押しかけて質問攻めにするくらいの熱心さだったそうで。

恵はギリシア関係の講義を受けるために、二つの大学へ聴講生として通っていたという。その教授ならギリシャ語に通じ、古代ギリシアの美術にも精通しているはずだ。

なにかわかるかもしれない。

スマホを取り出した楠木は、北陸新幹線のチケットを予約した。

東京へ戻る。そう決めてハンドルを握った。


フロントガラスの上を、雪が撫でては転がり散っていく。

上越妙高《じょうえつみょうこう》駅へ車を走らせながら、楠木はぼんやりと考えていた。

なぜ恵は、ニケに繋がる情報を向井にしゃべったのだろうか。

四億円もの資金を持ち出し、人生をかけて奪ったニケ。

その狂気を孕《はら》んだ行動からすれば、ニケがブラトヴァやオリヴィアのものになるくらいなら、殺されたほうがましだと考えそうにも思えた。

だが、と思い直す。

死の恐怖は、すべてを覆す力がある。それは死の際に立ったものでなければわからない。

そして恵は、眠りから目覚めなくなった。

その事実に気分が落ちていく。

楠木は考えるのをやめた。
フロントガラスを撫でていた粉雪が、重い綿雪へと変わっていく。
本格的に降り始めるのだろう。
ワイパーを入れた楠木は、雪化粧を始めた駅への道を進んだ。

五章

一

学生の人波に交ざり、楠木は大学の正門をくぐった。

曇り空を見上げるが、雪が降る気配はない。十一月下旬の東京は、新潟とは違いジャケットで十分な暖かさがあった。

案内板で図書館の場所を確認して向かう。

受付で手続きし七階まで上がると、閲覧室の端に目的の場所はあった。

西洋美術史研究室。そうプレートに書かれたドアをノックする。

「どうぞ」

返答にドアを開けると二十畳ほどの広さの簡素な部屋。

壁際にはびっしりと本が並び、コの字に配置された長机の上にも大判の本の山。どれも美術本のようだった。一番奥の事務机から立ち上がる男性の姿があった。頭だけでなくひげまで白い。七十は超えて見える。アポを取った、古代ギリシア美術の研究をしている西野《にしの》教授だろう。

楠木は頭を下げて挨拶した。ワイヤンに殴られた青あざは、コンシーラーで消してある。

教授は冷蔵庫からペットボトルのお茶を出すと、長机の椅子に座るように勧めた。

教授もゆっくりとした動きで、はす向かいに座る。

「奥さまのご容態はどうですか」

「意識は戻っていません。戻る可能性も、ほとんどないそうです」

教授は小さく頷いた。

「あんなに熱心な方はなかなかいませんから、残念でなりません。それで、今日はお訊ねになりたいことがあると」

「はい。妻がお世話になっていたときの話を聞かせていただけないかと思いまして」

「ええ、よろこんで」

「よく先生に質問に来ていたと聞いています。どんな話をされていたのかお聞きしたくて。仕事にかまけて、今さらながら妻のことを知りたいと思っているんです」

教授は膝の上で手を組み、ゆったりとした口調で言った。

「そうですね。熱心な聴講生で講義後に研究室をよく訪ねていらっしゃいました。奥さまは会社を経営されているそうで。昔からギリシア美術に興味があり、やっと時間が取れるようになって聴講生になったと言われていました」

「ご迷惑をかけていたようですね」

「いえいえ。楽しかったですよ。何度か近くにあるパレスホテル東京に誘ってもらいました。

ラウンジでごちそうになって、ギリシア美術についていろいろと話をさせてもらいました」

「そこまで親しくさせていただいていたんですか」

「ええ。本当に熱心な方でした」

「先生から見て、事件前の妻に変化などを感じたことはありませんでしたか」

「変化、ですか」

教授は視線を上げ、白いひげを撫でた。

「いや、特に感じたことはなかったですね」

「そうですか。ラウンジではどのような話を？」

「研究室よりは、くだけた話が多かったと思います。世界の七不思議のオリンピアのゼウスの話とか。ああ、そういえば、ギリシャ旅行の計画なども聞きました」

「ギリシャ旅行？」

「ええ、以前から何度かお願いされていたのですが。奥さまは長期間のギリシャ旅行を計画されていました。それでギリシャの文化・スポーツ省の人間を紹介してくれないかと」

「ギリシャの役人を？　なぜです」

「ギリシャの遺跡や美術を担当している省庁の人間から直接話を聞いて、見聞を広めたいとおっしゃっていました。最後に会ったときも言われていました。変化といえば、その時は妙な切実さを感じましたかね」

「急いでいるような？」

「急いでいるというより、どうにかして会いたいというか」

「どう、ご返答を？」

「現地の省庁の人間に、伝手はあるのですが、知人の旅行者の話を聞いてやってくれとはさすがにですね。そう伝えると、奥さまはあきらめきれないようでしたが、結局その話はそこで終わりました」

恵はギリシャの役人に会って、なにをしようとしていたのだろうか。

楠木は疑念が顔に出そうになるのを堪え、質問を続けた。

「話は戻りますが、さきほど言われたオリンピアのゼウスについては、どんな話を？」

「ゼウス像というより、ニケ像についてでしたね。あ、ニケはご存じですか」

「わかります。オリンピアのゼウス像の手にあったニケ像ですね」

「そうです。勉強されたようですね。七年ほど前になりますか。オリンピアのニケが見つかったというニュースが流れたことがあったんです。誤報だったようですが。もし、オリンピアのニケが誤報ではなく実在したとしたら、という話で盛り上がりました」

「実在したらどうだと？」

「たとえば、ツタンカーメンの黄金マスクのように、ニケの全身が黄金でできていたらとか。もしそうなら、衣装はキトンと呼ばれる一枚布だろうから、そのドレープの再現方法はどんな感じだったのか。顔の造形や色彩、瞳の表現はどうだったか。手には月桂樹を持っていたのか。想像してみると疑問は尽きず、私のほうが夢中になったくらいです。でも奥さまの想像力はそれ以上でしたよ」

「というと」

「オリンピアのニケの発見が誤報ではなく真実で、もしも強奪されていたら、と」

「……面白い想像ですね。妻は確かに想像力豊かでした」

「ええ。それが私の手元に現れたらどうするかって、楽しそうに聞くんですよ。私は、自分だけの秘密にして死ぬまで愛でるか、ギリシャに返還してあげるのもいいかもしれないと答えました」

「妻はなんと答えたんですか」

「それが思ったより実務的で、返還するならルートはどうするのかと。多分、私が美術品の遺物返還問題についても研究しているからでしょう。残念ながら、盗難アートは専門外なので答えられなかったんですけど。うまくやれば大金が手に入るかも、と笑い話になりました」

相槌《あいづち》を打ち、楠木は訊ねた。

「最後にひとつお聞きしたいことが。妻が事件前に残した言葉がありまして。それがなんだかいまだにわからないんです」

教授は目顔で促した。

「ヤマグチ、という言葉について聞いたことはありませんか。ギリシャに関係した用語ではないかと思っているんですが」

「ヤマグチ？　ギリシャ関係でですか？」

「ええ、ギリシャ語、古代ギリシアの美術、あるいはギリシア文化全体かもしれません。なにかありませんか」

教授は、しばし考えてから答えた。

「私の知っている限りでは、ないですね」

図書館を出た楠木は、濡れた地面に気づき空を見上げた。

雨がぱらついていた。小走りに車へ向かう。

コインパーキングまで戻ったときには、本格的に降り出していた。

車に乗りこみ、一息つく。

スマホで調べてみる。西野教授が言っていたパレスホテル東京は、ラグジュアリーホテルに分類される高級ホテルだった。皇居の大手門のそばにあり、ここから車で十分ほどの場所だった。

「寄ってみるか」

そうつぶやいた楠木は車を出した。

二

皇居を右手に、内堀通りをぐるりと回っていく。

パレスホテル東京の近くまで来たときには、どしゃ降りになっていた。

雨に白んだ視界の中、ホテルの車寄せに入れようとした矢先、雨合羽《あまがっぱ》にオレンジ色の誘導棒を持った男性が停車を促した。

楠木は助手席のウィンドウを開ける。

「宿泊の方ですか」

「違います」

「すいません。今日は宿泊の方しか入れないんですよ」

「え、そうなんですか」

「はい、すいません」

理由を聞く前に、男性は車から離れて先へ行くように促した。

楠木は仕方なく車を出し、Uターンしてからホテル近くで一時停車させた。

スマホで検索すると、来日しているドイツ大統領がパレスホテルに宿泊しているとのことだった。前にニュースを聞いた気がする。雨にけぶる外をよく見れば、警官らしき姿がちらほらと見えた。

あきらめた楠木は、シートに寄りかかった。

大粒になった雨が、ルーフを太鼓代わりに打ち鳴らしている。

フロントガラスに滲む、パレスホテルを見つめた。

西野教授の話を聞きながら、隅に追いやった可能性。

それが、じわりと楠木の思考を蝕《むしば》むのがわかった。

銃撃戦の末、ニケを奪った恵。小野上家から金を盗みだし、整形し、新しい戸籍を入手して逃げた恵。捕まれば、国際マフィアであるブラトヴァからの凄惨《せいさん》な制裁が待っていようとも、恵にとってオリンピアのニケは、そのリスクを上回る価値があった。

その恵が、西野教授にギリシャへの返還ルートを訊ねていた。

まさか恵は、ニケの返還を考えていたのだろうか。

もしかしたら、本当の恵は——。

楠木は我に返り、自嘲した。

これは推測じゃない。

願望だ。

ここまで騙されても、隙あれば幻想の恵を追ってしまう自分にあきれた。

冷静になれ。人生をかけて奪ったニケを、返還する合理的な理由がどこにある。

それでも楠木の心にびっしりと根を張った希望は、へこたれなかった。

それなら？　なんのために返還ルートを？

恵に感じていたあの闇。

あれは良心の呵責《かしゃく》だったのでは？

だから——。

くそ。やめろ。

今までと同じだ。恵にはほかの目的があった。だから聞いていた。

楠木は自身に言い聞かせながらも、またかつての恵との一場面を思い出した。

何年前だったか。日食が見られるという暑い日だった。恵が見たいと言うので、昼さがりに近所の公園へ行った。

小さな公園には、五組ほどのカップルや家族連れの見物人がいた。

恵はシートを広げた。シートまで持参して楽しむ気だったのは恵だけだった。

楠木は恵と並んで座り、飲みものを口にしながら待つことにした。

「ワクワクするね」

恵の笑顔につられ、笑ったのを覚えている。

しばらくすると、周りを見渡しながら恵は言った。

「もったいないなあ」

「なにが？」

「ちょっと行ってくるね」

なにかたくらんだ様子で恵は公園から出ていった。しばらくすると、レジ袋に飲みものを、しこたま詰め込んで帰ってきた。

「イベントのお供にどうぞ。ささやかな贈り物です。みんなで楽しみましょう」

なにを思ったのか、恵は冷たい飲みものを配って回り始めた。面喰らった顔をしていた見物人だったが、恵の屈託ない笑顔に受け取っていた。

「なにやってんだよ」

戻ってきた恵に、楠木はあきれたように言った。

「いいじゃない。うれしいことは分かち合うべきでしょ」

あれが、本当の恵なんじゃないのか。

恵に闇などなかったのではないか。

そうだ。本当は。恵はニケを解放するために自身の身を捧げたのでは――。

楠木は歯を食いしばった。

人類の至宝を独占する人間の、ささやかな反動。あるいは愉悦。それとも別人格を演じることを楽しんでいたか。ノノミを見ろ。イブスキを見ろ。ニケのためなら、どんな人間でも演じた。

それなら？

恵にとって、楠木との結婚生活とはなんだったのだろうか。カムフラージュのためとはいえ、毎日楠木といて苦痛を感じたことはなかったのか。かりそめの日々に、楠木は皮肉にも幸せを感じていた。本当は、恵も少しくらいは幸せを感じていたのではないか。

だからこそ一緒に――。

「くそ」

楠木は自身に唾棄《だき》した。

願望から生まれる希望はやっかいだ。信じたいものだけしか見えなくなる。

深呼吸をする。

どのような結果だとしてもいい。やるだけだ。

そう言いながら、まだなお幻想の恵を捨てきれていない自分が煩わしかった。

楠木は目を閉じ、雨音に耳を傾けた。

一心不乱に、ただかき鳴らされる雨音に集中した。

少しずつ自分を取り戻す。

ニケのことを考える。

できることなら、日の目があるところへ出してやりたい。見たこともないニケに惹かれているわけではない。それでも正直な気持ちだった。これは意地だ。負けっぱなしで終われない。どんなよれよれの一撃であろうと、必ずくらわせる。

ニケを殺す。

そう画策した者たちの手によって、それは達成されつつある。

その事実に、楠木は純粋な嫌悪感があった。

そこまで考えたところで、ふと気づいた。

この嫌悪感は誰にもらった？

ボクサーくずれで、用心棒まがいのすさんだ生活。抜け出そうと、もがくがそれもうまくいかず、崖《がけ》っぷちに立っていた人生。心の余裕など微塵《みじん》もなかった。

そんな自分を変えたのは誰だ？

それは、間違いなく恵だった。

楠木は自身に問いかけた。

楠木の中にだけ存在する恵なら、どうしたと思う？

——間違いなく、全力でニケ殺しを阻止する。

「……そうだったのか」

真理でも得た者のように、楠木は目を見開いた。

それでいい。

小野上カナコなど知ったことではない。

幻想の恵と共に、俺はこの拳を叩きつければいい。

イブスキへ、ノノミへ、そして小野上カナコへ。

俺はニケを追う。すでにニケはどちらかの手に渡っているのかもしれない。だが可能性はゼロではない。

やっと腑に落ちた。

どしゃ降りの轟音が、ファンファーレのように胸に響いた。

幻想の恵と共に堕ちる。

楠木は狂いさえ宿した目で、けぶるパレスホテルを見つめ続けた。

三

翌朝、楠木はもうひとつの大学を訪ねていた。

史学科とプレートが貼られたドアをノックして開ける。

雑然とした部屋で、四人の中年男性がそれぞれ机に向かっていた。

「すいません。川島《かわしま》教授は……」

ひとりが顔を上げた。

「あ、楠木さんですか」

「そうです」

「私が川島です。どうぞ、こちらへ」

立ち上がったのは、四十代後半くらいの物腰がやわらかい男性だった。

「妻がお世話になりました」

「いいえ、警察の方が来られて――驚きました」

案内された応接室で、楠木は恵の現状を伝えた。そして西野教授のときと同じく、今さらながら妻のことを知りたいと思っていると説明した。

「先生はギリシャの建造物の保存や、ギリシャ観光の研究をされているそうで」

「はい。今はそうですね。ギリシャの文化的景観保存と観光政策を主に研究しています」

「今はというと、以前は違うものを？」

「ギリシャに専門を移したのは、十五年ほど前です。以前はベラルーシの観光政策を研究していました」

楠木は相槌をうち、本題に入った。

「妻のことで、なにか印象に残っていることはありますか」

「一般の学生さんより、はるかに熱心な方でした。実際にお詳しかったですし。講義が終わったあとも、休み時間に研究室を訪ねてこられて。よく質問していかれました」

「質問以外に、妻になにか頼まれたことなどはないですか」

「頼まれる？」

「そうですね。ギリシャの役所の方を紹介してほしいとか。あるいはギリシャ大使館の方の紹介など」

意図を測りかねるという顔で川島教授は、楠木を見た。

「実は――妻は、勉強を兼ねたギリシャ旅行に行きたがっていて、現地の実情に詳しい人に会いたいとよく言っていたんです。それが、あんなことになってしまって。やりたいことがあったのなら、準備だけはしておいてやりたいと思いまして」

「そういうことでしたか」

川島教授は大きく頷くと言った。

「そういえば奥さまに、ギリシャ政府の観光局の人を紹介してほしいと言われたことがあります」

「観光局?」

「ええ。将来的にギリシャの遺跡を巡るツアーを企画したいと言っていました。可能なら観光局も巻き込んだ大きなものにしたいので、紹介してほしいと」

「実際に、誰かご紹介されたんですか」

「いえ、一度プレゼンテーションを聞かせていただいてから、という話までは進んでいたんですが……」

その途中で、恵は来なくなったということのようだ。

西野教授にはギリシャ文化・スポーツ省の人間への繋ぎを頼み、この川島教授には観光局の人間の紹介を希望した。

都合のいい解釈が、恵の姿を書き換えようとするのがわかる。

したいようにさせておけばいい。楠木は無視して訊ねた。

「先生、ひとつお聞きしたいことがあるんですが」

「ええ、なんでも聞いてください」

「妻が事件に遭う前に残した言葉がありまして。それがなんだかわからないんです」

「言葉？　なんでしょう」

「ヤマグチ、という言葉について聞いたことはありませんか。日本語ではないと思います。ギリシャに関係した用語だと思うのですが」

「ヤマグチ……」

「ええ。先生が研究されているギリシャの景観保存や観光政策。それ以外でもギリシャに関するものなら、どんなことでも。なにか思い当たるものはありませんか」

川島教授は首をかしげて唸った。

「似ている発音とか。どんなささいなことでもいいんです」

長いこと考えてくれていた川島教授だったが、首を横に振ると言った。

「すいません。思い当たることはないですね」

申し訳なさそうな声に、楠木も首を横に振った。

「わかりました。なにか思い出されることがありましたら、ご連絡いただけますか」

「ええ、もちろん」

「本日はお時間をとっていただいて、ありがとうございました」

ドアまで案内してくれた川島教授は、まだすまなそうな顔をして言った。

「なにも思いつかなくて申し訳ないです。ロシア語だったら、あったんですけどね」

川島教授の言葉に、楠木は足を止めた。

「ロシア語？」

「え？　ああ。ヤマグチって聞こえる言葉が、ロシア語にあるんですよ。すいません、余計なことを」

「先生はなぜ、ロシア語を？」

訊ねながら思い出していた。ロシア語は、チェルタノヴォ・ブラトヴァの母国語であり、小野上カナコも、ノノミも、イブスキも使えた言語だ。

「さきほどお伝えしたベラルーシですよ。あそこはロシア語が公用語なん――」

「先生」

食い入るように楠木は言った。

「その話、詳しく聞かせていただけませんか」

あっけにとられた川島教授が、ゆっくりと頷いて言った。

「え、ええ。もちろんかまいませんが……」

四

ネットカフェの薄暗い個室。

青白く顔を照らした楠木は、見つめていた。

ディスプレイには、ウェブサイトが表示されている。

ブラックの背景色に、ショッキングパープルで表示されたキリル文字。

サイト名はロシア語で、『могучий《マグチイ》』と表示されていた。

ロシア語圏で利用されている、若者向けと思われる無料クラウドストレージサービスだった。

川島准教授が教えてくれた「ヤマグチ」。

ロシア人のネイティブな発音でも、日本語のように聞こえる言葉であり、正確には「ヤマグチイ」に近い発音をすると説明された。

意味は「私《ヤ》は、なんでも《マグ》できる《チイ》」。

この言葉に関連し、ＩＤとＰＷが使用できそうな施設やサイトなど検索した。ヒットするのは俳優や演劇に関するものばかりで、手がかりになりそうなものがない中、やっと見つけたのがこのサイトだった。

尖《とが》ったサイト名に、アンダーグラウンドな雰囲気が漂うサイトデザイン。ヤマグチで引っかからなければ、小野上カナコがここにニケの情報を残しているなど考えもしなかったろう。

それでも藁《わら》にもすがる思いで、楠木は入力した。

向井の残した、ＩＤ「パラース」とＰＷ「ステュクス」。

英語。カタカナ。ひらがな。ギリシャ語。

そのどれも、ログインはできなかった。

楠木は紙コップに入ったコーヒーに手を伸ばし、エラーを吐き出したディスプレイを見つめた。そして検索を始める。

探したのは、ニケの両親の名のロシア語。

Паллада「パラース」

Стикс「ステュクス」

二つのロシア語を入力した。

すると、画面が暗くなった。

楠木は拳を握りしめる。

だが、待ってもそこから進まなかった。

待ちきれず再読み込みしようとマウスを動かしたとき、画面が白く変化した。

「行ったのか？」

つぶやくと同時、ディスプレイにゆっくりとファイル名が表示されていく。

オリンピアのゼウス像における歴史背景／オリンピアのニケ像が現代まで残った事由と考察／ペイディアスの基礎研究と社会的立場の変異／ペイディアスの芸術家としての評価／オリンピアのニケ像の金属組成の詳細と技巧的昇華／オリンピアのニケ像の歴史的価値と芸術的価値の立ち位置――。

間違いなかった。それぞれのファイル名はすべて日本語。そしてオリンピアのニケに関するタイトルで溢れていた。

「本当にこんなところに……」

信じられない思いで楠木は、ディスプレイを見つめた。

データは参照しかできないようになっていた。小野上カナコが向井に渡したものは、閲覧専用のIDだったようだ。パスワードの変更もできない。だからこそ今も閲覧できた。

そして、ファイル名の中にそれは存在していた。

楠木はタイトルを見つめ、生唾を呑み込んだ。

『ニケの安置所』

そう書かれたファイルにポインタを合わせ、クリックする。

一読した楠木は目を細めた。

「……あそこだったのか」

パレスホテル東京。

恵が西野教授と会っていたロビーラウンジだった。

楠木は読み進めていく。

一階のロビーラウンジ。その中央に設置されたアクアリウム。恵の会社「プテラ」は、ラウンジの売りであるアクアリウムの設置と管理を担当していた。恵は水槽内のオブジェに細工し、ニケを沈めていた。

設置状況にも詳細な記載がある。

ニケ本体は、アイオノマー樹脂ハイミランでパッケージされているという。ハイミランはラップフィルムだが、一般的な食品包装用のラップとは違う。画鋲《がびょう》の先端から、やわらかいイクラまでパッケージングが可能で、ニケの接着剤として使用されている膠《にかわ》が水に溶けるのを防いでいるとあった。

楠木はパレスホテル東京のロビーラウンジの画像を検索した。

出てきたのは巨大な円柱のアクアリウムの写真。ラウンジの象徴として紹介されていた。アクアリウムの中央には、海底山を模したオブジェが沈められている。それは現代アート的な雰囲気のデザインで、山の両脇からは金色の翼が生えていた。

「この翼がニケ……なのか」

しばらく吸い寄せられるように見つめていた楠木だったが、意識を戻した。

そして気づいた。

「そういうことだったのか……。パレスホテル東京だったから」

──すぐにって言ったって、どうやったって今は無理でしょう？　リスクが高すぎるわ。警察が引き上げてからよ。

だからノノミは、すぐにニケの回収はできないと言ったのだ。

──最高だ。間に合うんだからな。

だからこそイブスキは、警備が解かれるまではノノミたちが手を出せないことを知り、間に合うと言った。

今、パレスホテルには国賓であるドイツ大統領が宿泊している。最高レベルの警備が敷かれているはずだった。

調べてみると、大統領は明日まで宿泊し、明後日の朝に空港へ向かうという。

楠木は漏れだすように笑い始め、そのうち大笑いした。

「俺も間に合ったぞ。イブスキ」

五

楠木は、ファイルの確認を続けた。

恵の残したデータには、曖昧なタイトル名がつけられているものがあった。

そのひとつが、ファイル名『ニケ』。それ以外のことは書かれていない。

更新日時が一番古いデータだった。

データを開く。そこにはテキストファイルに思いつくまま書きなぐったような文章があった。

混乱を覚えながら、くぎづけされたように画面の文字を追った。

うまく咀嚼《そしゃく》できず、つまずいては戻って読み返す。

そして最後まで読み終えた楠木は、放心したようにつぶやいた。

「恵、お前なのか……」

楠木は人差し指を伸ばした。

指先をディスプレイの文字と重ね、なぞるようにもう一度読み始めた。

ニケ

私にとって、経営とは自身の力の体現だった。

思い描いたことを現実化する。たとえば長距離走者のように、現実化のためのプランニングを粘《ねば》り強く実行し、あるいは短距離走者のように、必ず起きるアクシデントに瞬発的に対応し乗り越える。

それが私の幸福であり、快楽だった。

父が目指した多角経営化による生き残り。私はその一翼を担い、期待以上の結果を残した。

うまくやっていた。そう思う。

だが、怒りと焦りに身をゆだねてしまったとき、すべては瓦解《がかい》した。

私は青かった。

姉のように慕ったオリヴィア・ウォーレン。

「あなたは特別よ」

そう囁《ささや》かれ、見せられた盗難アートコレクションの数々。そこには、姿を消した盗難アートの数々がひしめきあっていた。驚きと同時に嫌悪感を抱いた。安直な正義感を胸に、私は彼女を糾弾した。彼女の信頼を勝ち得た友人として。そう、私はうぬぼれていた。そしてそれは、踏んではならない虎《とら》の尾《お》だった。

米国をはじめとした政財界に影響力を持ち、世界長者番付で十本の指に入る資産を保有するオリヴィア・ウォーレン。過剰なほどの力を持つ者が、神のごとくふるまったらどうなるのか。

私は目の当たりにすることになった。すべてのメガギャラリーからの絶縁。大小数多のギャラリーも右へと倣《なら》う。それは信じられないほど迅速かつ完璧《かんぺき》に実行された。彼女の怒りを買った二日後には、私はアート業界から抹殺されていた。その日を境に、一切の美術品を買うことができなくなった。

私は痛感した。結局、アート業界も同じ。経済力がすべてを支配するのだと。

だが、あの時の私は過信していた。

私は彼女と戦える。世界を相手にもっと成長できると。

大海を知らぬ極東の田舎娘は、どこまでも見誤っていた。

世界に打って出た私は、見事に転げ落ちた。

両手の隙間から、すべては流れ落ちた。

小野上家の経営者としても、ライフワークだったアートコレクターとしても。

オリヴィアが手を下すまでもなかった。

自壊したのだ。

すべてを失くし、引きこもった私が寄りかかったもの。

それは声高に糾弾した盗難アートだった。

存在は薄々感じつつも、意識的に遠ざけてきた小野上家の裏の顔。そこで囁かれていた洋館の存在。

私は洋館を訪ねた。そして送られてくる彫刻の数々に魅了された。

その場所は、私を拒絶しない美術品たちで彩《いろど》られていた。

そうだ。なんの力もない私が声をあげても、なにも変わらない。そんな言い訳をしながら、洋館に入り浸った。

そんな中、私は出会った。

オリンピアのニケ。

初めて目にした衝撃は、今も忘れられない。

それはまさに、つむじから足先へ落ち抜けた雷撃だった。

それから毎日。

毎日毎日。洋館へ通いつめた。

彼女は強烈な幸福を内包していた。見るだけで生が満たされるものが、この世にある。体感したのは、生まれて初めてだった。

同時に、どうにもできない事実があった。

彼女は盗難アート。どこの美術館、博物館へも送られることはない。

ほかの盗難アートと同じく、殺されることが運命づけられていた。

そして買い手を知ったとき、愕然とした。

ニケを殺すのは、あのオリヴィア・ウォーレン。

皮肉だった。今となっては同じ穴のムジナ。私とオリヴィアは同じだった。

殺されるのを黙認しながら、私も盗難アートを楽しんでいた。違うのは、天と地の経済力と政治力。だから私は運び出されるまでのつかの間に盗み見をし、オリヴィアはニケを手に入れる。単純な話だった。

だが私は、自身に不思議な欲望が芽生《めば》えていることに気づいた。

予想もしなかった感情だった。

多くのものを手にし、あらゆるものを失う中で、私は変化していたらしい。そしてニケを目の当たりにすることによって気づかされたのだ。

幸福というものは、独占すれば長く維持できない。大きな幸福を所有するものこそ、その大きさに応じた分配の必要がある。適正に分配できなければ、社会は、人は、巨大なカウンターを生み出す。始まりは小さなデモかもしれない。それはしだいに大きくなり、小さな紛争へと育ち、さらには国際紛争にまで発展する危険性を秘めている。あるときは革命と呼ばれ、あるときは戦争と呼ばれる。ロシア革命、中国革命、二度の世界大戦。そして諍《いさか》いは、大きな犠牲を伴いながら幸福が適正分配されるまで際限なく肥大するのだ。

私は直観した。

ニケが持つ幸福は、ひとりの人間が独占すべきものではない。

誰もが望んだとき、この幸福を目の当たりにすることができるべきだ。

偶然ながら、私は居合わせた。

失敗だらけの私の人生の最後の事業は、ニケがいい。

そうだ。

青く、なにも持たぬ私にこそふさわしい。

私のすべてを、ニケに捧げよう。

ニケは殺させない。

私が世界へ、ニケを返す。


楠木はディスプレイの最後の一文字から、人差し指を離した。

「……バカなやつ」

なぜかソファで楠木の肩に寄りかかる、恵の白いつむじを思い出した。

世界一長い名前。はにかんだ笑顔。

――うれしいことは、分かち合うべきでしょ。

恵との日常が、幻想だったはずの恵が、楠木の中で実体をもって溢れ出していた。

あの笑顔は、あの言葉は、演技ではなかった。

恵が人生の中で獲得した本心。

二千五百年もの時空を超えて、現代に現れたオリンピアのニケ。望めば世界の誰もが、その目で見ることができる。二千五百年前の具現化された人の思いを、望めば感じることができる。


それが恵の望みだった。


暗い一室で、楠木はファイルを読み漁《あさ》り続けていた。

恵がこれまでニケの存在を公にできなかった理由もわかってきた。

小野上家から縁を切られた小野上カナコは、死亡届が出されていない自殺した女性の戸籍を密かに買った。それが今の恵だった。

古代ギリシア美術とは無縁の、何者でもなくなった恵が、やみくもにニケを返還したいと訴えても、信用などされない。うまく話が進んだとしても真贋の疑念がつきまとう。疑問符のついた半端な報道になれば、意図的に情報が歪められ強奪される可能性があった。恵はそれを懸念していた。

ブラトヴァは実際、その手法によってオリンピアのニケを手に入れていた。トルコで発見された時、発見者に接触し脅迫によって偽物だったと訂正させ、疑念を作り出して盗んだという。そのため美術界以外では、大した話題にならなかった。

さらなる懸念としてオリヴィアの存在があった。ニケの存在が公になるとなれば、オリヴィアとブラトヴァが手を組む可能性があった。そうなれば、恵に勝ち目はない。

オリンピアのニケが本物であることを覆させない。そのためには公的な、あるいはその世界で著名な人物たちによる、いわゆるお墨付きが必要だった。

恵は当初、単独でギリシャへ飛び、現地で役人と交渉したが、信用を得られず終わっている。そのため方針を変更し、古代ギリシア美術への造詣と権威のある日本の著名な人物、またギリシャの文化遺産保存のための公的機関の関係者へ働きかけができる人物に近づいた。それがあの二人の教授だった。

小野上カナコの身分が使えれば、ほかにもやりようがあったろうが、まったくの別人となった恵にはそれしかなかった。

恵の孤独な戦いを思いながら、楠木は次のファイルへ移った。

それは「離脱」というタイトルがつけられたものだった。

更新日時を見ると一番新しく、恵が向井に刺される二日前になっている。

内容は、楠木との離婚手続きに関するものだった。

離婚後、東京から離れた際の、候補地の選定などが具体的に検討されていた。

あの日、襲われなければ、恵は楠木のもとから消えるつもりだったのだ。

事件前、話があると深刻な顔で言ったのは、これだった。

離婚を切り出すつもりだった。

楠木は肚に広がる鈍痛を呑み込み、読み進めた。

離婚後の住民票異動届や世帯主の変更届といった、役所関係の手続き方法。さらには印鑑登録やクレジットカードの苗字《みょうじ》変更などについて、問い合わせ先などが詳しく書かれていた。

疑いようのない意思に、楠木は泣き笑いで読んでいくしかなかった。

そして終わりに、「自己整理」と書かれた見出しが出てきた。

言葉の意味がわからないまま、それを読んだ。

自己整理

考えても、どうしようもないことだけど。

なぜ私は、啓蔵と一緒に生きてしまったのだろう。

なぜ啓蔵の誘いに応じ、会ってしまったのだろう。

プテラで初めて会ったときの、注文を断ったときの啓蔵の顔を今も思い出す。口をぽかんと開け、目をぱちぱちとさせたあの顔。感情をここまでストレートに顔に出す人がいるのか。不思議なかわいらしさに、思わず笑顔が出そうになった。

後日、何度も会いに来た啓蔵に根負けした。目まぐるしく表情が変わる啓蔵といると楽しかった。啓蔵は起業した会社に夢を持ち、悩み戦っていた。そんな彼が壁を乗り越えていく姿を間近で見るのは、経験することのなかった青春を過ごしているような気持ちになった。

結婚を決めたのは自信があったからだ。私がコントロールし、必要になればいつでも関係を終わらせることができる。この身をより深く隠すには、よいカムフラージュになるはずだった。

でも、それは見当違いだった。

私はいつも、大事なところで自分を見誤る。

啓蔵との生活で、私は触れてはならないひだに触れてしまった。

ソファで肩に寄りかかれば、何時間でも同じ体勢でいてくれた。風邪を引いて寝込めば、目覚めるたびにそばにいた。それは損得勘定とは別の、啓蔵がしたいからしているのだろうという感覚。経済力や能力によって与えられる優しさとは、別種のものだった。そんなささいな出来事の積み重ねが、私の心を変えてしまった。

だが、わかってもいた。

この幸せが続くことは、決してない。

その事実は、私を深い闇へ落とした。

ともすれば、啓蔵にぶちまけてしまいそうになる。

私、がんばってるんだよ。

どうにかして、ニケを助けたい。

一緒にやってよ。私とニケを助けてよ。

きっと啓蔵は、困った顔をしながらやってくれるのだ。自分の全てを使って。私たちを助けようと。

聞いてほしかった。

私の罪を、闇を、やり遂げると決めたことを。

だが、それはわがままだ。

死と隣り合わせの世界に引き込むことはできない。

そう思いながらも、私はこのデータを残している。

これは私の弱さの証《あかし》。

愚かな私は密かに願っている。私の闇に気づいた啓蔵が私を問い詰めて、ここのIDとPWを聞き出してくれないか。

きっと、心から怒ってくれる。

なんでこんなことを、ひとりで抱え込んでいたんだって。

そんなバカみたいなことを夢見ている。

ありえない希望でも、あってはいけない希望でも。

啓蔵と出会い、私は弱くなった。

だから私は、啓蔵の前から消えなければならない。

怖い――。

啓蔵を失ったあと、私は本当に耐えられるだろうか。

今も決断をずるずると先延ばししている。だけどこのまま、もしトラブルが起こって啓蔵の身の安全と、ニケを引き換えにされたらどうする。

私は、きっとニケを守れない。

私はまたも失敗した。

このままでは、啓蔵を巻き込むことになる。

彼は、かけがえのない贈り物だった。

私には過ぎた贈り物だった。

むしろ感謝すべきだ。

背筋を伸ばし言うんだ。

さよならと。

ニケを生かす。

私には最後の事業が残っている。

だから言うんだ。

さよならを。


楠木は、濡れて霞むディスプレイに手を置いた。

口をわななかせ、つぶやいた。

「……ごめんな」

恵の闇の正体がここにあった。

額に手をやった楠木は、薄暗い部屋でひとり肩を震わせた。

「なんでわたしは、――あなたを選んでしまったの」

恵の最後の言葉。

脳裏でこだましていた。

あの心からの吐露。

その意味するところ。

恵が選ぶべきは、人生をかけて生かすと誓った、ニケのはずだった。それなのに最後の最後で、恵は楠木を選んだ。

出会ってしまった後悔。日々を分かち合ってしまった後悔。

あの言葉は、すべて恵自身の後悔だったのだ。

恵は向井に襲われたとき、楠木の命と引き換えに、ニケの情報を要求されたのだろう。

そして恵は、このサイト名とIDとPWを伝えた。

自身の命乞いのためでも、ニケのためでもなかった。

ただ、楠木の命を守るために。

楠木は、滲んで見えるディスプレイにつぶやいた。

「俺のことなんて――」

しゃくりあげた楠木は、両手で顔を覆った。

歯を食いしばり、小さく嗚咽《おえつ》を漏らした。

六

暮れかけた病室。
受付を通さず、紛《まぎ》れ込んで入った楠木は、夕陽の色を映す恵の顔を見ていた。
恵は眠っている。
長い間見つめた末、楠木は口を開いた。
だが、言葉にはならなかった。
かわりに手を伸ばした。
指先に恵の頬が触れる。
その時、恵の目元が微かに反応したように見えた。
楠木はじっとその顔を見つめたが、それきりだった。
この期《ご》に及んで俺は。
そう笑うと、恵の頬を優しく撫でた。
血が通う恵の頬は、温かかった。
その感触を指先に憶《おぼ》え、病室を出た。

病院を出た楠木は振り返り、恵のいる部屋の窓を見上げた。
また会いに行ける可能性は、そう高くはない。
だが襲われる前、虫の知らせでもあったのだろうか。
恵は、楠木だけにギフトを残していた。
それを使って、ノノミとイブスキに、ブラトヴァとオリヴィアに戦いを挑む。

七

交差点を挟んだ向こう。

パレスホテル東京が見えた。

車を一時停車させた楠木は、離れた場所から見つめていた。

ホテルの周りは、報道陣と見物人で溢れかえっている。

交通規制が敷かれる中、ホテルから白バイとパトカーが出てくるのが見えた。続いて四台の黒塗りのリムジンが連なる。フラッグポールに、ドイツと日本の国旗がはためく。さらに白バイとパトカー、黒塗りの四駆車と続いた。数分かけて二十台近くの長い車列は去っていった。

人ごみがすぐに落ち着きそうな気配はない。動けるまでしばらくかかるだろう。

楠木は首元のネクタイを緩めた。


ドイツ大統領を乗せた車列が走り去って十五分。

報道陣と見物人の姿は消え、あたりは日常に戻りつつあった。

ネクタイを締めなおした楠木は、深呼吸してハンドルを握った。

ハザードを消して車を出す。交差点を抜け、パレスホテルへ近づいていった。

警察の撤収作業が始まっていた。大仕事を終えた笑顔の警察官たち。歩道では黄色い鉄の衝《つい》立《たて》を折りたたんでいる。テロ対策用の車両停止装置だろう。その隣では、バンに乗りこむ警察犬の姿が見えた。

　それらを横目に、スーツ姿の楠木はゆっくりと車を進めていった。送迎用に見える黒の高級ミニバン。ロータリーに入り、一番端に駐車する。スライドドアを開け放ち、誰かを迎えにでも行くようにホテルへと向かった。

　エントランスの巨大なシャンデリアに迎えられ、中へ入る。

　ホール中央では、生け花が咲き乱れていた。

　見渡せば、そこそこの人がいる。ＳＰらしき姿は見えないが、制服警官はちらほらと残っている。端には、ついさっきまで手荷物検査で使っていたと思しき長机が集められ、片付けが終わろうかというところだった。それでもホールには、国賓が滞在していた物々しさの余韻がまだ残っていた。

　視線を奥に向けると、目的のロビーラウンジが見えた。

　営業中を示す案内スタンドが出ている。

　ラウンジへ入ると、スタッフが仰々しく一礼して言った。

「お好きな席へお座りください」

　頷いた楠木は、ラウンジを見渡した。

　白を基調とした店内。白いソファとテーブル、グランドピアノ。アクセントにいくつか置かれた淡いブルーのソファがよく映えている。

　そして中央――。

　楠木は凝視した。巨大な円柱のアクアリウム。直径三メートル近くはある。威風堂々と鎮座していた。

客の姿はほとんどない。広いラウンジに四組のみ。ドレスコードがあるため、どの客もスマートカジュアルないでたちをしていた。

楠木は入り口近くの窓際にひとり座っている、スーツ姿の男に足を向けた。

派手なチョークストライプの背後に立つ。片耳にイヤフォンを入れている。相槌ばかりでなにを話しているかはわからない。聞くことに夢中で、楠木に気づく様子はなかった。

男はイヤフォンの入った耳を押さえながら、見つめていた。

その視線の先には、ワンピース姿の女性がいた。

女性は、彫刻師――石川ノノミだった。

目が合うと、ノノミは楠木にくぎづけになった。

その表情の変化に気づいたのか、男が振り返った。

楠木は男に言った。

「残念ながら、ここは禁煙みたいだな」

イブスキは驚愕《きょうがく》の顔を見せた。

「なにを驚いてる？　ワイヤンに嘘でも報告されたか。まあ、扱いひどかったもんな」

楠木の嘲笑《ちょうしょう》に、こめかみに血管が浮き上がるのが見えた。

だが、すぐにイブスキは楠木から視線を落とした。

修羅場に慣れているのだろう。再び見上げたときには、微笑を浮かべていた。

イブスキは落ち着いた口調で言った。

「よく見つけたな」

「あんたと一緒で、俺も運は悪くないみたいだ」

「なにしに来た？」

「ニケが気になってな」

イブスキは振り返り、周囲を見つめながら言った。

「警察に泣きつかなかったのか」

「話しても精々、数人の警察が確認しに来るくらいだろ。それじゃあ力ずくで奪われる。今を逃せば、ニケは死ぬ」

イブスキは笑った。

「一緒に死んでくれる仲間でも集めたのか」

「ひとりさ」

「やっぱりバカか」

「欲に溺《おぼ》れた犬よりましだ。飼い主は――、オリヴィア・ウォーレン」

驚くほど無表情で返したイブスキに、むしろ楠木は確信した。

「なぜ俺がひとりで来たと思う？　やけくそで来ただけだと、本気で思うか」

イブスキは無表情のまま答えなかった。

「少し不安になったか。大丈夫だ。犬は言われたことをやればいい」

楠木の挑発に、イブスキは鼻で笑うと言った。

「そのクソブラフ。後悔するなよ」

「ブラフだといいな」

「わかったから、もう消え――」

「イブスキ」

低く囁いた楠木は、耳元に顔を近づけた。

「お前、小野上カナコのファイルをすべて見たのか」

楠木は、イブスキの肩に手を置いた。

「本当に見たか？　ひとつ残らず？」

イブスキは、肩の手を振り払おうとしなかった。

ファイルにすべての意識が持っていかれている。やはりそうだ。イブスキは、あのファイルを開くことができなかった。それなら俺は戦える。

「俺はな。ボクサーくずれだ。カウンターが得意だった。いや、よく外したか……。それはいいか。俺を殺すにしても、その前にブラトヴァだ。今からやり合うんだろ。生き残ったやつがニケを手に入れる。俺とやるのはブラトヴァのあとだ。しっかり生き残れ」

イブスキから離れた楠木は、ノノミの目の前に立った。

当たり前だが、ノノミの顔は楠木が信頼していたときと、まったく変わっていなかった。たれ目と大きな口が印象的な顔立ち。誠心誠意謝り、言い訳を並べ立てられれば、今でも信じてしまいそうだった。

本当に俺は人を見る目がない。楠木は自嘲しながら声をかけた。

「また会いましたね」

「楠木さんもファイルにたどり着いたんですね」

「不運にもてあそばれた私も、これだけは運があったみたいです」

「できれば、楠木さんが死ぬところは見たくはなかったです」

「同感です。だけど、私にもやらなければならないことがある」

「楠木さんの表情」

ノノミは楠木を見つめて言った。

「私、やっぱり好きですね」

楠木は微笑で返した。

「ノノミさん。あなたの夢まで、もう一歩です。ただ、その背中は奈落《ならく》の底だ。ここでイブスキに奪われれば、次はないでしょう。そして、もしイブスキに勝ったら、最後は私がお相手します」

ノノミの顔に憐憫《れんびん》が浮いた。

「死に場所をここに決めたのですか」

「いいえ。丸腰じゃ来ません。私には妻からの贈り物があるんです。ひとつだけ、開くことができないファイルがなかったですか」

一瞬の間があった。

「お互い、死力をつくしましょう」

そう言うと、楠木は踵《きびす》を返した。

中央のアクアリウム。

その目の前の席に、楠木は腰を下ろした。

コーヒーを頼み、立ち上がってアクアリウムに顔を近づける。

水族館でしか見ないような大型アクアリウム。

台座の縁に手をかけ、中をのぞき込む。彩度の高い水草の中で、名も知らぬ魚が泳いでいる。中心には大きな山のオブジェ。その山の中腹から、鷲の羽のような力強い造形の金色の翼が生えていた。よく見れば、信じられないほど精緻な彫刻が施されている。

これが、ニケの背中に生える黄金の翼——。

話だけはさんざん聞いてきた。多くの人間を狂わせたオリンピアのニケ。目を凝らせば、恵のファイルにあった通り、翼全体が透明な膜で覆われているのがわかる。

見入っていると話し声がした。振り返ると、制服警官がラウンジの入り口で、店の人間に挨拶している。その奥に見えるロビーから警官の姿がなくなっていた。

そろそろか。

イブスキとノノミに目を向ける。二人は睨み合いながら耳を押さえ、しきりに口を動かしていた。それぞれ抱えている実行部隊とやりとりをしているのだろう。タイミングは難しい。襲撃が早すぎれば、警官たちを乗せた車両が引き返してくる可能性がある。遅すぎれば、相手にニケを奪われる。

楠木が席につくと、コーヒーが運ばれてきた。

小ぶりの白いカップがかわいらしい。つけ合わせの焼き菓子をかじり、甘味が残る舌にコーヒーを流した。

悪くない。薄く流れるジャズを聴きながら思った。

生きていたら、また来よう。

楠木は二人を見つめながら、その時を待った。

八

警官の姿が消えて十二分。

それは始まった。

気配に目を向けると、入り口に作業着を着た男たちの姿があった。

十一人。全員が重そうな手荷物を持っている。無言で入り口のドアを閉めると、鉄棒をかませて封鎖する。駆け寄った店員が、殴られてうつぶせにされるのが見えた。十一人の中には、チャイニーズマフィアのワイヤンの姿もあった。

ほぼ同時に、厨房のほうから音がした。

現れたのは十人。白人の男たち――チェルタノヴォ・ブラトヴァ。その中には、新潟港で楠木に発砲してきたリーダー格のロシア人の姿もあった。

互いの姿を認めると、どちらも散開を始めた。白に塗られた分厚いスチール製のテーブルを横倒しにし、即席の防御盾にしたてあげていく。

イブスキはチャイニーズマフィア、ノノミはブラトヴァと、それぞれ合流する。

イブスキに短機関銃が手渡されるのが見えた。

中央のアクアリウムを挟むようにして二組は対峙した。中央に座る楠木は、二組から挟まれる形になった。だが、どちらも単独丸腰の楠木のことなど眼中にない。

「おい、あんたたち」

立ち上がった楠木は、泡を食っている不運な二組の客に声を張り上げた。

「床に伏せろ。死ぬぞ」

言うと同時、短機関銃を構えたイブスキが、楠木に銃口を向けるのが見えた。

バックステップを踏んだ楠木は、アクアリウムに身体を寄せる。

イブスキの舌打ちが微かに聞こえた直後だった。

銃撃戦が始まった。

空気を歪める弾丸の音と鮮烈な銃火が、連続して瞬く。

ものの数秒で頭から脳みそを飛び散らせ、床に転がる男の姿が見えた。頭の半分を失くし、足をびくんびくんと痙攣させている。

想像を超える暴力の応酬が、目の前で展開されていた。

楠木は息を呑み、ずるずると腰を落とした。

無意識に命綱のアクアリウムに背中を押しつける。

始まった。

びびるな。

俺の仕事はまだ始まってもいない。

楠木は肚に力を入れ、目の前の出来事を観察する。

激しい銃弾のやりとりの中、血しぶきを散らし、肉体を損壊させながら、ぱたりぱたりと人が減っていく。

二組は目を覆うような殺し合いを続けた。

数を減らしながら、それぞれがアクアリウムへ近づいてくる。

ニケが鎮座するアクアリウムに身体を寄せた楠木が、すぐに撃たれることはない。

だが、いずれその時は来る。

ラウンジが、硝煙で微かに靄がかってくる。火薬の臭いが漂う中、楠木は手を伸ばした。アクアリウムの台座の縁の裏に手をかける。指先が震えていた。そして思った。

本当に動くのか?

楠木は思い返した。恵のファイルには、ひとつだけ高度に暗号化されているファイルがあった。専用ソフトでパスワードを入力しなければ復元できないタイプのものだった。

ファイル名には、こう記載されていた。

『啓蔵にすべてを伝える場合の説明検討　585』

当然ながら、楠木もパスワードはわからなかった。

誕生日、恵が好きだった言葉や本など、あらゆるものを入れてみたが違っていた。

そんな中、気になったのは数字だった。

585。意味ありげな数字。ファイル名との関連性はないように見えた。

さんざん記憶をたどった楠木は、恵との何気ない会話にたどり着いた。

「啓蔵」

「ん？」

「見て見て。世界一長い名前」

いつだったかも覚えていない。たわいない話をした、いつかの夜のソファ。楠木の隣で、ネットサーフィンをしていた恵が、タブレットを見せてきたことがあった。画面には、世界一長い名前と題したサイトが表示されていた。

その名前には、『Wolfe + 585』と書かれていた。

「ウルフ585？　ぜんぜん長くないだろ」

「長すぎるから略してWolfe + 585。Wolfe の続きの名前が585文字もあるんだって。この略し方、かっこよくない？」

楽しそうにしゃべる恵の声と共に、楠木は思い出した。

『Wolfe + 585』を検索し、六百字近くあるその人物の名前をパスワードとして打ち込んだ。

ロックは解除された。

驚きと共に、ファイルの内容を一読した楠木は口の端《は》を上げた。

そして思った。

恵はこうなることを、どこかで予感していたのか？

これなら、ひとりでも戦えるかもしれない。

革靴の音が、耳に響いた。

「楠木ぃ」

我に返ると、肩で息をするイブスキがこちらに銃口を向けていた。

「お前はよ。結局、なにがしたかったんだ？」

血走った目。興奮が頂点に達しているのがわかる。

視線をずらすと、ブラトヴァ側の人間が全員、倒れているのが見えた。

楠木は目を細めた。その中には、ノノミも含まれていた。ワンピースの胸元が紅く染まり、拳銃を握ったまま仰向けで痙攣していた。

イブスキたちに視線を戻すと、イブスキを入れて四人が生き残っていた。

四人。ぎりぎりだった。だがやるしかない。

アクアリウムの台座の縁の裏に手をかけ、座り込んだままの楠木はイブスキを見上げた。

「じゃあな。ブラフ野郎」

イブスキが引き金を引く瞬間、楠木は身をよじった。銃声と共に座っていた床が砕け、破片がしぶきをあげる。身をよじりながら、楠木はアクアリウムの縁に隠されていたリングを引き抜いていた。

アクアリウムの台座から筒状のものが飛び出て床に落ち、金属特有の甲高い音を立てて回転する。

その瞬間、楠木は耳を塞ぎ、強く目を閉じた。

強烈な閃光と、爆音がつんざいた。

瞼と手越しからでも、凄まじい光と音が伝わってきた。

恵のファイルには、設置されているのは音響閃光弾とあった。

非致死性の手榴弾《しゅりゅうだん》で、凄まじい閃光と爆発音で相手を一時的に混乱させるという。緊急時、強行搬出する場合に備え、恵が設置していたものだった。

楠木は二つ目、三つ目のリングを引き抜いていく。

床を叩く金属音が連なり、次々と起爆していった。

すべてのリングを引き抜いた楠木は目を開けた。

細めた目の間から見えたのは、膝をついて目を押さえているワイヤンとチャイニーズマフィアたちの姿だった。

だが、ひとりだけ耳を塞ぎ、背中を見せている者がいた。

鮮やかなチョークストライプが目に入る。

イブスキ——。

即座に振り返った楠木は、アクアリウムの下部の台座カバーを引きはがした。

薄いスペースに、おもちゃのような黄色の銃が並んでいる。

視線をやると、イブスキがこちらに銃を構えつつあった。まだ焦点が合わず、銃口が揺れている。

手を伸ばした楠木は黄色の銃を取り出し、立ち上がってイブスキへ向けた。

互いの銃口の先、二人は目が合った。

早かったのは、イブスキだった。

体勢を整え引き金に指をかけていた。

だが、イブスキは引かなかった。

いや、引けなかった。

楠木の背後には、女神がついていた。

怒りで顔を歪めたイブスキに、楠木は微笑を返した。

引き金を引く。

先端から二発のニードルが射出され、イブスキの胸元に突き立った。

大きく顔を歪め、地を這うような叫び声をあげたイブスキは、硬直して倒れ込んだ。

テーザー銃と呼ばれる非致死の電気ショック銃で、相手の動きを封じるものだった。

楠木は別のテーザー銃に取り換えながら、倒れている残りのチャイニーズマフィアの胸元に、次々と撃ち込んでいった。

最後のひとりに撃ち込むと、ラウンジは静まりかえった。

長い息を吐いた楠木は振り返った。

見守るように、ニケが翼を広げていた。

首を巡らせ、あたりを見回す。

死屍累々《ししるいるい》のロビーラウンジ。立っているのは、楠木だけだった。

頭の中で何度もシミュレーションした手順を思い返し、楠木は動き始めた。

アクアリウムの下部、台座カバーを完全に引きはがす。

下からのぞくと、三つのボタンが配置されているのが見える。

真ん中はダミー。両側のボタンを同時に押す。

三秒ほど長押ししているとモーター音がし、何かを砕くような鈍い音が続いた。水槽のアクリル板の二ヵ所に、下から上に向かって亀裂《きれつ》が入っていくのがわかる。

続けて、アクリル板の下部に設置された取っ手を摑み、力を込めて引っ張った。

亀裂が広がり、隙間から水槽の水が流れ出した。

ラウンジに流れ落ちていく水を見つめながら、水槽から抜けるのを待った。

ある程度水が抜けたところで、渾身の力で取っ手を引いた。するとアクリル板一メートル四方が綺麗《きれい》に割れた。そのまま床へ滑り落とす。

水槽のアクリル板に大穴が開いていた。

楠木は水槽の中へ身体を入れると、山のオブジェの端に指先をかけた。引っ張るとモナカ構造のオブジェに、合わせ目からひびが入る。

ひびの隙間に指を入れ、音を立てながら割っていく。

剝ぎとられたオブジェの隙間から、それは現れた。

黄金の女性。

ふいに、その瞳と目が合った。

楠木の息が止まった。

「これが、ニケ……」

オリンピアの――ニケ。

その憂《うれ》いを帯びた瞳に引き寄せられる。

確かに彫刻ではない。

そう直感した。

人であるようで、人でないなにかと、楠木は対峙していた。

人そのものを思わせる造形と肌の質感。

それでいて人ではありえない存在感。

確かに神がいるのならば、こんな姿をしているのだろう。

圧倒的な引力が、楠木の心を支配した。

「あんたのために、俺は……」

その肌に触れようと手を伸ばしたところで、我に返った。

頭を振り、正気に戻る。

急げ。

水槽下に設置されている、クッションつきの台車を引き出す。

ニケを抱きあげて台車に降ろし、上から布を被せた。

水しぶきをあげ、累々のラウンジを縫うように台車を走らせる。

ラウンジの入り口には、外から中を窺う人の姿が見えた。

恐々とラウンジ内を確認しようとしている警備員らしき者が三人、あとは遠巻きに見つめる従業員と客。

警官はいなかった。

いける。

ラウンジの扉に取りつき、塞いでいた鉄棒を楠木が引き抜いたときだった。

乾いた音が響いた。

同時に、頭上の壁のブラケット照明が砕けた。

発砲音。

そう気づいた楠木が、身をすくめながらブラケット照明の対角へ目をやった瞬間だった。

腹の中でなにかが沸騰したような、奇妙な感覚が爆ぜた。

よろけて尻《しり》もちをつく。

視線の先には、這いつくばったノノミの姿があった。

「楠木さん――」

ノノミは血走った目で、楠木に拳銃を向けて引き金を引き続けていた。もう残弾がないらしく、カチカチと音だけが聞こえてくる。

「ニケ、行かないで……、行かないで」

ノノミは這いつくばったまま腕を伸ばし、こちらへ向かってこようとする。

楠木は生唾を呑み込んだ。

ノノミは楠木を見つめたまま、動きを止めた。

泣き顔を見せると、口から血泡をふいた。

楠木とノノミは見つめ合った。

ゆっくりと顔を床につけていくノノミ。

そして瞳は光を失った。
茫然と見つめていた楠木だったが、意識を戻して上着をめくった。
赤い染みが広がり始めていた。
足の感覚を確かめる。動く。
まだだ。まだ終わってない。
台車に手をかけ、震えながら立ち上がった。
赤い脇腹を手で押さえ、荷台から発煙筒を取り出す。
入り口の扉をわずかに開き、隙間から発煙筒を投げた。
吹き出す煙に、警備員たちがさらに離れるのが見える。
台車に戻り、テーザー銃を腰に差して大きく深呼吸する。
足に力を込め、勢いをつけた台車で扉を押し開いた。
立ち込める煙の中、よろけながら台車を押し、行き先に発煙筒を投げながら進んだ。
ホテルを出てロータリーへ。
車を目指す。
ミニバンはスライドドアを開けたまま、そこにあった。
台車を横づけしてニケを抱き上げ、スライドドアから乗り込んだ。
緩衝材を敷き詰めた発砲スチロールの箱にニケを横たえ、運転席へ飛び移る。
ハンドルを握ったときだった。
ふっと意識が遠のく。

頭を叩き、不規則な呼吸を整えた。

靴の感じもおかしい。足元を見やると、左の革靴の中に血だまりができていた。

腰から流れ落ちた血。

シャツのボタンを外し、腹を出す。脇腹に小指ほどの穴。息をするたびに、血が流れ出ていくのが見えた。

「くそ……」

止血。

楠木はダッシュボックスからティッシュの箱を取り出した。

束で引き抜き、あり余る血を使って棒状に整えていく。

深呼吸。

気合を入れて傷穴に先端を挿し込み、奥へ奥へとねじ込むように押し込んでいく。

呻き声が口から漏れる。

脳天が白くなっていくような激痛が連続した。

脂汗をたらし、歯を食いしばる。

浅い呼吸の中、遠くからサイレンの音が聞こえた。

早く。

震える手で、スライドドアのクローズボタンを叩き押す。

ぬるついたハンドルを握り込み、アクセルを踏み込んだ。

パレスホテル東京から、楠木はニケと共に飛び出した。

ミニバンは皇居外苑を走り抜け、左折して日比谷公園の脇を走っていた。

ハンドルを握る青白い手。

それが少しずつ下へとずり落ちていく。

頭が支えを失ったように揺れていた。

哀しいほど白く透き通った楠木の顔。それがドアガラスへ叩きつけられる。

蛇行するミニバン。ホイールが縁石に擦れ、火花を上げる。

縁石の切れ目に現れた交通標識のポールへ、ミニバンが突っ込む。

オフセットに車体のフロントをめり込ませ、ミニバンは停車した。

展開したエアバッグと共にクラクションが鳴り響く。

束の間、意識を失っていた楠木だったが、火薬の匂いとクラクションの音に意識を戻す。うつぶせたまま咳き込むと、口からどろりと血がこぼれ落ちた。

だめだ、こんなところで。

その時、運転席のドアが開く音がした。

警察？

楠木にはもう首を回す力さえ残っていなかった。

続けて後部のスライドドアが開く音。

楠木が座る運転席のシートが後ろへ倒され、両肩を持たれた。車外ではなく、後部座席へ引きずり出される。

警察ではない。

代わりに運転席へ誰かが乗り込む音がした。

ブラトヴァか、オリヴィアが雇った人間か。

ここまできて――。

「啓蔵さん、行きますよ」

耳慣れた声。圭太だった。

楠木は思わず笑った。

「お前ってやつは……」

ミニバンが走り出す。

揺れる車内。楠木はニケと並んで横たわり、パレスホテル東京から離れていく。

混濁する意識の中、ニケを見つめる楠木の脳裏に、妻の顔が浮かんだ。

恵――。

ちらついたその笑顔に、楠木は口の端を上げて言ってやった。

「なあ恵。出会ったのは、間違いじゃなかったよな」

エピローグ

すべてを白日の下にさらす鮮烈な太陽。

距離感を失わせる透きとおった空気。

ギリシャ。

首都アテネには、新アクロポリス博物館がある。

古代ギリシアの遺跡の上に建てられた博物館。

豊かな採光を予感させる数多の窓ガラス。磨き上げられた石床。

このモダンな博物館に、多くの報道カメラが向けられていた。

カメラがパンし、裏口がクローズアップされる。

トラックが一台、それを囲むように六台の警察車両が搬入口から入っていくのが見える。

その周りを、信じがたい数の人々が取り巻いていた。

アナウンサーの声が入る。

新アクロポリス博物館へ今、ニケが入りました。

すでに失われたと考えられていたオリンピアのニケ。それがほぼ完全な状態で発見され、今日この日、日本からギリシャへと返還されました。

世界七不思議のひとつに数えられる、オリンピアのゼウス。象牙と黄金で作られた巨像ゼウスは、紀元前四三〇年頃に完成したと言われています。その巨大なゼウスの手には、ニケの黄金像がありました。

ゼウス像は、約千二百年間続いた古代オリンピックと共に信仰されていました。しかし、キリスト教の隆盛に伴い衰退し、終焉《しゅうえん》を迎えます。その後、オリンピアのゼウス像とニケ像は東ローマ帝国へと移され、焼失したと考えられてきました。

しかし、オリンピアのゼウスが消失したあとも、オリンピアのニケは現代まで残って――、いや生きていました。

ギリシャ政府は、今回のニケ返還の経緯について、プライバシーと安全上の問題として詳細を伏せています。開示されているのは、日本から持ち込まれたということだけです。日本の二大学が返還に関わったとみられていますが、どちらもノーコメントを通しています。

オフレコながら関係者の話を総合すると、大まかな経緯はわかっています。

オリンピアのニケを返還したい。

日本政府を通じ、日本の大学からギリシャ政府への突然の申し出があったそうです。存在そのものが信じがたいオリンピアのニケ。あまりの荒唐無稽《こうとうむけい》な話に、ギリシャ政府関係者もすぐには信用できなかったといわれています。

それを信じさせたのは、二大学の教授の熱意と人脈。幾度もギリシャへ足を運んでの文化・スポーツ省をはじめとした関係各所との地ならし。関係者を日本に招聘《しょうへい》し、実物を前にしての真作であることの科学的、歴史的根拠の提示。また観光政策的な側面からの観光局へのアプローチ。それらの地道な働きかけが功を奏し、ニケの存在が信頼されるにいたったとされています。


ですが、それ以外もニケをめぐる一件は謎めいています。

ギリシャの至宝、人類の宝ともいえるオリンピアのニケ。

それがなぜ、遠く離れた日本にあったのか。

非合法組織が秘匿していたニケを奪いとった人物がいた。その人物が二人の大学教授へ働きかけ、ニケのギリシャ返還を実現させた。それは日本人夫婦だったらしい。そんな都市伝説じみた噂まで出てくるほど、この謎は多くの人の興味を引いています。

ですが、今日ばかりは、そんなことはどうでもいいのかもしれません。

ギリシャ国民は今、熱狂しています。

逼迫《ひっぱく》するギリシャに、精神的にも経済的にも手を差し伸べるニケ。

そんなニケを、彼らは遠い先祖からの贈り物のように感じているのかもしれません。

黄金の女神、オリンピアのニケ。

熱狂に迎えられ今、実に千六百年ぶりにギリシャへの帰還を果たしました。

今日は、ただ喜びましょう。

おかえりなさい。ニケ。

参考文献

『ギリシアの美術』　澤柳大五郎（１９６４）岩波新書

『学問としてのオリンピック』　橋場　弦・村田奈々子編（２０１６）山川出版社

『図説　世界の七不思議』　ラッセル・アッシュ　吉岡晶子訳（２００１）東京書籍

「ツタンカーメン黄金のマスクのX線分析」　宇田応之
国立研究開発法人科学技術振興機構　J-STAGE, 2008
https://www.jstage.jst.go.jp/article/materia1994/47/7/47_7_355/_article/-char/ja/（参照：2021－06－05）

＊本書は書き下ろしです。
＊この作品はフィクションです。
登場する人物、団体は、実在するいかなる
個人、団体とも関係ありません。

植田文博（うえだ・ふみひろ）

1975年、熊本県生まれ。
2013年、第6回ばらのまち福山ミステリー文学新人賞を
『経眼窩式』で受賞、翌年同作で作家デビュー。
他の著作に『エイトハンドレッド』
『99の羊と20000の殺人』がある。

ニケを殺《ころ》す

2023年5月22日　第一刷発行

著者　植《うえ》田《だ》文《ふみ》博《ひろ》

発行者　鈴木章一
発行所　株式会社講談社
〒112-8001
東京都文京区音羽2-12-21
電話　出版　03-5395-3506
　　　販売　03-5395-5817
　　　業務　03-5395-3615

本文データ制作　講談社デジタル製作
印刷所　株式会社KPSプロダクツ
製本所　株式会社国宝社

N.D.C.913 287p 19cm
ISBN978-4-06-531499-9

KODANSHA